코로나 시대, 글로 마음을 잇다

문명시민교육원
Postech Institute for Civic Education

코로나 시대,
글로 마음을 잇다

송호근 외 23인 지음

글누림

발간사

'사회적 방역'에 '심리적 방역'을 더하다

노승욱(포스텍 인문사회학부 교수)

연초에 구정을 앞두고 찾았던 제주도에서는 아무도 마스크를 쓰고 있지 않았습니다. 온화한 겨울 날씨가 느껴지는 남쪽 섬에서 굳이 마스크를 낄 필요가 없었지요. 표선면의 허브 동산과 구좌읍의 월정리 해수욕장 등에서 제주의 청정 공기를 만끽하며 가족 여행의 추억을 사진으로 담았습니다. 그러나 노 마스크(No Mask)의 가족사진이 아련한 추억으로 남게 될 줄을 누가 알았겠습니까. 입도 후에 매일매일 긴박하게 타전되던 바이러스 뉴스에 놀라 예정보다 일찍 제주도를 떠나며 올랐던 비행기 안에서도 마스크를 착용하고 있던 승객은 젊은 커플 한 쌍뿐이었던 것으로 기억합니다.

그러고는 코로나 시대가 불현듯 도래했습니다. 마스크의 일상이 펼쳐졌습니다. 급기야는 마스크 대란도 벌어졌습니다. '사회적 방역'이란 말이 원로 사회학자를 통해 제안되고 얼마 지나지 않아 여기저기서 '사회적 거리 두기'의 목소리가 터져 나오더니 결국 캠페인으로 이어졌습니다. 모든 사람들이 마스크 안에 자신의 호흡과 비말을 감추고 사회적 관계를 스스로 셧다운하는 사상 초유의 사태가 발생했습니다.

태양에서 분출되는 코로나 가스의 열기가 극에 달하던 한여름의 어느 날, 〈2020 일상의 글쓰기〉를 기획하고 운영해 달라는 요청을 받았습니다. 그때 순간적으로, 날씨가 추워지면 다시 기승을 부릴 것이 분명해 보이는 코로나19의 위협 속에 현장 강좌를 운영할 수 있을까 하는 걱정이 들었습니다. 바이러스와의 한판 전쟁을 대비하며 사회적 방역의 그물을 더욱 촘촘히 해야 하는 시기가 다가오고 있었으니까요.

그러나 곰곰이 생각해 보니 전쟁을 할 때는 전방만 중요한 것이 아니라, 후방의 공간도 귀중해 보였습니다. 코로나 바이러스와의 전쟁에서 마스크는 최전방의 전쟁터입니다. 레이더에 잡히지 않는 바이러스가 코나 입을 통해 몸 안으로 침투하는 것을 막기 위해서 우리는 마스크로 최종 방어막을 친 채 생활합니다. 그런데 후방의 상황은 어떨까요? 전방이 우리의 몸, 즉 바깥쪽의 물질세계라면 후방은 우리의 의식, 즉 안쪽의 정신세계입니다. 아무리 사회적 방역을 잘해도, 심리적 방역이 무너지면 유기체인 우리의 몸은 정신과 함께 붕괴합니다.

그러고 보니 근 1년 동안 눈에 보이지 않는 바이러스와 싸우면서 우리 모두는 걱정과 불안, 긴장과 우울 등의 감정 체험을 일상화하고 있었습니다. 경기 침체와 실직, 폐업 등의 경제적 요인도 부정적 감정의 골을 깊게 만들었습니다. 그래서 '코로나 블루(Corona Blue)'라는 신종 우울증도 생겼습니다. 코로나 블루가 우리의 내면에 침투하는 것을 막기 위해서 심리적 방역 시스템을 본격적으로 작동시켜야 했습니다.

포스텍 문명시민교육원에서는 인적·물적 역량을 효율적으로 극대화하면서 〈일상의 글쓰기—시즌 2〉 강좌를 열었습니다. 에세이집의 제목이기도 한 〈코로나 시대, 글로 마음을 잇다〉로 강좌명도 정했습니다. 의학적·사회적 방역으로 멀어졌던 서로 간의 거리를 '글'을 통해 다시 '이어 나가고자' 하는 것이 본 강좌의 취지입니다. 이것은 〈2020 일상의 글쓰기〉가 지향하고 있는 심리적·정신적 방역의 지향점이기도 합니다. 참석자들은 매 강연마다 체온을 측정하고 마스크를 착용해야 했지만 누구 하나 불평하는 사람은 없었습니다. 심리적 방역의 시급함과 절실함에 모두들 동감하고 있었으니까요.

다사다난했던 올해를 마무리하면서, 〈2020 일상의 글쓰기〉 강좌에 참여한 연사늘과 수상생블의 글을 노아 『코도나 시내, 글로 마음을 잇다』를 발간하게 되었습니다. 이 책은 바이러스와 싸우고 있는 최전방과 후방을 하나의 유기체로 연결하고, 사회적 방역에 심리적 방역을 더하며, 결코 멀어져서는 안 될 우리의 마음을 글을 통해 잇고자 했습니다. 시민 수강생들과 전문 강사진이 함께 만들어 낸 이 책은 코로나 시대의 일상, 그 바깥과 안속을 한눈에 파악할 수 있는 문화콘텐츠로서의 가치를 충분히 지니고 있다고 자부합니다.

1부, 〈글로 마음을 찾다―코로나 시대의 나침반 보기〉에서는 강의를 진행하고 운영한 전문 연구자들이 코로나 시대를 분석하고 전망한 비평문을 게재했습니다. 2부, 〈글로 마음을 잇다―코로나 시대, 일상의 기록〉에서는 팬데믹 시대를 살아가는 수강생들의 일상이 기록된 에세이를 실었습니다. 그리고 3부, 〈글에 마음을 비추다―코로나 시대의 자화상〉에서는 수강생들의 내면에 비춰진 자화상과 같은 시를 모았습니다. 아무쪼록 이 책을 읽는 모든 분들이 마음속 깊이 자리 잡은 트라우마로부터의 치유를 체험하게 되기를 기원합니다. 그리고 자기 자신을 성찰하며 쓰여진 글들을 통해 우리 모두의 관계가 새롭고 진실되게 회복되기를 희망합니다.

이 책을 세상에 선보이기 위해 혼신의 힘을 기울여 에세이와 시를 써 주신 〈2020 일상의 글쓰기〉 수강생들과 어려운 시기에 강의와 글로 포항 시민들과 따뜻한 관계를 맺어 주신 연사들께 감사의 마음을 전합니다. 강좌의 운영 전반을 살뜰하게 챙겨 준 문명시민 교육원의 연구원들께도 고마움을 표합니다. 사회적 방역과 심리적 방역을 잇는 자리로 이 책의 방향을 이끌어 주신 송호근 문명시민 교육원장께도 마음 깊이 감사를 드립니다. 작년, 〈2019 일상의 글쓰기〉의 출판(『워라밸 시대의 행복 찾기』)에 이어 올해, 〈2020 일상의 글쓰기〉의 에세이집 출간도 흔쾌히 수락해 주신 글누림출판사 최종숙 대표께도 이 자리를 빌려 감사의 인사를 드립니다.

2020년 12월,
포항문명시 지곡 밸리에서 글로 마음을 이으며
노승욱 배상

| 차 례 |

3부 ───── 글에 마음을 비추다─코로나 시대의 자화상

1부

글로 마음을 찾다
─코로나 시대의 나침반 보기

마스크 2제二題

송호근(포스텍 인문사회학부 석좌교수)

칼럼니스트는 매의 눈을 가져야 한다. 상공에서 맴을 돌다가 먹이를 발견하면 쏜살같이 낙하해 채야 한다. 몸놀림이 빠른 먹잇감에게 가끔 낭패를 당하더라도 포착, 낙하, 포획의 직무를 수행하지 않으면 먼 나뭇가지 끝에서 하릴없이 굶주릴 뿐이다. 칼럼니스트가 동석한 자리에서는 말을 아껴야 한다. 혹시 자신이 늘어놓은 체험담과 어설프게 엮은 스토리를 낚아채 갈지 모른다. 녹음을 하지 않는 한 칼럼니스트가 낚아챈 소제(小題)의 저작권을 주장할 수도 없다. 누군가 내뱉은 발설과 담화는 흔적을 남기지 않지만 칼럼니스트의 뇌리에는 기록으로 인화된다. 칼럼니스트는 일상 속에서 누군가 무의식적으로 흘린 삶의 부스러기를 주워 담는다. 영락없는 매다.

그런데 코로나가 칼럼니스트의 사냥터를 바꿔놓았다. 먹잇감이 뛰어 놀던 그 풍요한 사냥가 황폐해진 것이다. 우선 친구들을 만날 수가 없고, 워크숍과 심포지엄도 뜸해졌으며, 그 흔한 조찬모임도 사라졌으니 말이다. 새벽잠이 많은 필자에게 여간 성가신 게 아니었던 조찬모임이 가끔 그리워지는 것은 순전히 코로나 덕이다. 조찬모임에서는 직업과 경험이 다양한 인사들을 만날 수 있다. 새벽잠의 달콤한 유혹을 애써 물리치고 의젓한 태도를 갖춰야 하는 성가심에도 불구하고 세상사에 대한 다양한 의견을 수집할 수 있는 절호의 기회가 사라셨나. 칼럼니스트에센 너간 불리한 형세가 아니다. 온전히 자가발전에 의존해야 하는 현실, 상공에 떠도는 매로서는 배고프기 짝이 없는 형국이 됐다. 그러나 어찌하랴, 비상 동력기를 가동할 수밖에.

마스크를 썼으니 세상과의 단절감은 더욱 고조된다. 마스크를 쓴 칼럼니스트—조금 낯설지 않은가? 마스크를 쓴 '영화배우'보다는 덜 하지만, 세상과의 끊임없는 접속과 담화로 스토리를 생산하는 칼럼니스트에게도 마스크는 직무 수행을 방해하는 만만찮은 적이다. 사람들의 표정을 읽을 수가 없다. 대화를 해도 감성이 전달되지 않는다. '어' 다르고 '아' 다르다는 옛말은 대화의 논리보다 감성이 중요하다는 뜻이다. 사람들의 언행은 대체로 이성이 1할, 감성이 9할쯤으로 이뤄진다. 1할의 이성을 제대로 해석하자면 9할의 감성을 읽어야 한다. 독해(讀解)는 감성의 프리즘을 통과한 논리의 이해다. 그런데 마스크는 9할의 감성을 차단한다. 오해와 곡해가 난무하는 까닭이다.

아마 코로나가 횡행하는 기간에 부부싸움은 증가했을 것이고, 이유를 알 수 없는 범죄와 폭력사건이 늘었을 것이다. 미묘한 감성을 서로 읽지 못하거나, 누적된 불만과 울혈증이 출구를 찾지 못한 결과다. 지인과의 담화나 공개 토론을 거치지 않은 글이 거칠고 주관적 논리에 빠지는 것은 그 때문이다. 자기 검열도 말이 그렇지 상상 속 타인의 평가를 자기 논리에 적용하는 과정이다. 지난 몇 달 동안 게재된 신문 칼럼들이 대체로 주장의 톤이 높거나 일정한 방향으로 수렴되는 인상을 주는 것은 정치권의 일방적 행보도 그렇지만 공론장을 만들 기회가 현격히 축소된 탓일 거다. 만남은 자기 검열을 위한 최선의 기회이고 공감을 체감하는 삶의 현장이다. 그곳에서 스토리가 만들어지고 다듬어진다. 마스크는 삶의 그런 생동감을 반감시켰다.

마스크 너머 봄이 가버렸다. 봄꽃이 언제 피고 졌는지 가늠할 수 없을 정도, 아무튼 여름이 바짝 코앞에 다가섰다. 그 때 알았다. 비상 동력기를 돌려야 한다는 현실을 말이다. 자가 발전의 연료는 자신의 내면(內面)이다. 내면이 풍부하다면 몇 달을 버티겠는데 그걸 자신할 사람은 예술가와 작가뿐이다. 아니면 세상과 등진 오타쿠, 우리말로 방콕족(族)인데, 생계를 꾸려야 하는 생활인들, 세상사를 글로 조명해야 하는 칼럼니스트에게 내면의 곳간을 채울 양식은 날로 고갈됐다. 할 수 없었다. 내면의 채굴에 나설 수밖에.

'마스크 너머 여름'은 그런 관찰 끝에 쓴 글이다. 마스크 쓴 세상에서 어떤 일이 벌어지고 있는가? 마치 필자가 내면으로 후퇴를 감행할 수밖에 없듯이, 만남의 소멸은 경제, 교육, 자아형성에 어떤 영향을 미치고 있는지를 관찰했다. 컨택트(contact)에서 언택트(untact)로의 전환이 초래할 미래상에 관해서는 세계의 석학들이 이런 저런 지형도를 그리는 중이다. 직접 체험 모빌리티가 억제

된 세상이 그렇게 삭막하게 보였던 것은 필자만의 경험은 아닐 것이다. 초기 몇 달은 끊어진 접촉을 아쉬워했다. 소멸된 감성교환이 일종의 결핍증으로 다가왔다. 피부에 버짐이 피듯 감성에 결핍증 증세가 완연했다. 택배 차량이 전해준 봄나물이 반가웠던 그 날만큼 장터 할머니가 그리운 적은 없었다. 그러나 각오를 다져야 했다. 마스크 안쪽의 내면을 어떻게 가꿔야할지를.

'언택크 시대의 놀이터, 트로트'가 그 중 하나다. 내면에 놀이터를 만들어야 한다! 내가 홀로 뛰어 놀 나만의 놀이터. 그건 독서, 그림, 음악, 혹은 여러 형태의 취미일 텐데, 생계에 바쁜 사람들에게 어디 쉬운 일이겠는가? 그렇다고 혼밥, 혼술만 할 수는 없을 터, 뭔가 심리적 방역을 위한 위로의 장을 만들어야 한다. 사회적 방역의 요체인 '거리두기'는 심리적 방역에는 치명적이다. 내면으로 퇴각한 자신에게 재충전과 휴식의 공간이 필요하다. 그게 필자에겐 트로트였고, 잊힌 가요(歌謠)였다. TV프로에 감전된 듯 흥얼거리는 옛 노래에 옛 기억이 묻어났고 옛 추억이 새로웠다. 아픔과 기쁨이 엇갈렸는데 지난 세월의 응어리들이 화석처럼 묻힌 내면의 광산을 발견한 것은 트로트가 준 뜻밖의 선물이었다. 트로트가 광산 채굴의 문을 열어줬다. 아늑한 갱도에서 바라본 세상은 아득했다. 코로나가 현실공간을 횡행하는 한, 광산 채굴은 계속될 것이다. 중앙일보에 게재한 두 개의 칼럼을 여기에 다시 싣는다.

마스크 너머 여름

자진 격리 중이던 지난 2월 말, 돌밥에 지쳐 반찬 앱을 찾아 주문했다. 결재와 동시에 메시지가 떴다. '내일 낮 12시에 배달 예정입니다.' 시내에서 30킬로 떨어진 산촌인데? 궁금했다. 다음 날 이른 점심을 먹고 동구 밖을 주시했다. 멀리 배송차가 나타난 것은 정확히 12시 5분. 10분 뒤 툇마루에 배달반찬이 얌전히 하역됐다. 비바 코리아!

최근 정부 부처 중 보폭이 가장 넓은 중소벤처기업부 박영선 장관이 당연하지만 흥미로운 발언을 했다. 올해 1분기 코스닥 상장 기업 중 비대면 분야 기업의 성장세가 두드러진다고. 매출액 상승률 2배, 영업이익 상승률 15배, 고용창출 3배, 시가총액 상승률 1.5배, 해서 코로나가 몰고 온 경제충격을 비대면 기업이 제대로 방어했다고 말이다(중소벤처기업부 5월 28일 보도자료). 코로나 습격을 겪은 글로벌 시장에 천지개벽을 이끌 주역은 분명 전통기업이 아니라 비대면 기업이다. 스마트 자(字)가 붙는 온갖 유형의 서비스, 온라인 교육, 전자상거래, 게임과 엔터테인먼트, 물류플랫폼, 빅데이터와 클라우드서비스. 세계적 스타 BTS가 유튜브로 방구석에 고립된 영혼을 달랬다.

넉 달간 사회체험을 '스크린 속 사회'(Society in Screen)라고 하자. 어떤 일이 벌어졌는가? 서울대 수학과 교수는 작년 내비 학생들 평균 학력이 떨어졌다고 했다. 동영상에 나타난 학생들에게 방정식만 건너갔을 뿐 감성은 스크린에 흡수됐다. 서울대 의대, 생물학은 차이가 없었으나 해부학은 학력이 저하됐다. 나의 강의에 출현한 학생들도 사회현실에 대한 세대 고민을 전달하려고 애를 썼는데 줌(ZOOM)의 냉랭한 스크린에 부딪혀 흩어졌다. 나는 '일타교수'가 되고자 속도를 높였다. 농담에 반응하는 1초가 길었다. 선호도는 엇갈렸다. 학생들은 온라인 강의를 선호하고 교수들은 강의실로 돌아가고 싶다.

미국의 사회심리학자 쿨리(C. Cooley)는 일찍이 영상자아(looking-glass self) 개념을 내놨다. 자신의 마음에 비친 '타인의 평가'에 의해 진정한 자아가 형성된다는 이론이다. 접촉과 체험이 전제다. 지난 넉 달 동안 사람들은 '스크린 속 사회', '스크린 속 타인'과 현실을 추체험했다. 간접 접촉으로 전달된 언어와 이미지는 영상자아의 질료가 결코 못된다. 말하자면, 성찰자원이 유달리 부족한 기간이었다. 자아가 여문 성인들은 편견이 더욱 단단해졌고, 청소년과 청년들은 마음속 빈집을 지켰을 뿐이다. 초등학생에게 소중한 담임선생의 말투, 몸짓, 교장의 근엄한 표정, 친구들 재잘대는 소리는 체험리스트에서 사라졌다. 대학신입생들도 늙어서 추억할 첫 등교의 두근거림을 영원히 빼앗겼다.

마스크를 쓴 채 여름을 맞는다. 봄 향기는 기억에 없다. 사람들의 눈빛이 아름답다는 사실을 깨달은 것은 큰 소득이었다. 봄 향기와 눈빛을 맞바꿨다. 그런데 눈빛에 사회에 대한 경계가 서려 있었다. 정처를 모르는 바이러스 경계심이 무작정 타인에게 들러붙었다. 타인의 눈빛을 수용할 영상자아는 반사적 경계빛을 역으로 발하느라 얼룩덜룩해졌다. 마스크 안 쓴 사람과 마음속에서 시비가 붙었다. 마스크 너머 풍경은 근거 없는 두려움이었다. 어느 날거리에서 한 무더기 사람들을 피해 멀리 우회하는 나를 발견했다. 나, 사회학자?

행복심리학자 최인철교수가 얼마 전 흥미로운 글을 썼다. '내성적인 사람이 온다'(『중앙일보』, 7월 1일자). 사회적 거리두기로 외향성의 제국이 붕괴되고, 내성적인 사람들에게 유리한 환경이 조성되었다고 말이다. 내면에 쌓아둔 양식, 내면과의 대화로 버틸 여력이 풍부한 내성적 사람에게서 행복하락도가 더 낮게 나타난다고 했다. 단기적으론 그럴 법하다. 그런데 마스크 너머 사회가 경계대상이자 두려움이라면, 그것도 오래 지속된다면, 얘기는 달라진다. 경계심의 내면화, 고갈된 체험창고로의 불가피한 도피가 발생한다. 후각, 감각, 촉각이 빠진 경계적 체험은 공감(sympathy)과 동정(compassion)을 생산하지 못한다. 오래 전 아담 스미스가 그토록 강조한 '도덕감정'의 두 줄기가 소멸되는 것이다.

경제는 생업 현장이지 인생을 제조히는 직기(織機)다. 포스트 코로나 시대 경제를 주도할 비대면 기업이 아무리 번성하더라도 인생을 직조하는 현장스토리를 리얼하게 만들어낼지 의문이다. 배송차가 날라 온 그 신선한 봄나물이 재래시장 할머니가 건넨 것만 못했다. 그럼에도 마스크가 고맙다는 느낌이 가끔 든다. 불길한 외부현실의 틈입을 차단해주리라는 허망한 기대감일 거다. 화적떼처럼 출몰하는 집값 폭등, 여당의 질주와 징징대는 야당, 시정잡배보다 못한 평양당국은 차단 1호다. 여름엔 그런 것들을 몽땅 걸러낸 마스크를 벗고 봉숭아꽃과 수국이 어우러진 화단에서 산발하는 냄새를 맡고 싶다.

언택트(Untact)시대의 놀이터, 트로트

내가 트롯을 흥얼거릴 줄은 상상도 못했다. 눈물 짜는 노래, 못다 한 사랑을 달래는 즉흥적 가락, 트롯. 가공하지 않은 감정의 찌꺼기를 그냥 흘려보내는 뽕짝이 팝송으로 단련된 세대에겐 먼 곳의 북소리였을 뿐이다. 고령층을 제외하곤 지금의 5060은 청춘스타 클리프 리챠드, 애상의 연인 스키터 데이비스의 노래로 음악세계의 문을 열었다. 가끔은 피터 폴 앤 메리의 반전노래를 따라 부르다 사이먼 앤 가펑클의 절창에 흠뻑 젖기도 했다. 길거리 선술집에서 더져 니오는 '번지 없는 주막'은 소음, 또는 기껏해야 취기에 얹는 부모세대의 인생 넋두리였다.

그런데 트롯을 흥얼거리다니, 연식(年式)이 좀 된 탓만은 아니었다. 컨택트(contact)의 시간이 막을 내리던 지난 2월, TV조선이 야심차게 기획한 트롯 프로에 그만 걸리고 말았다. 설움과 탄식이 뒤범벅된 가락이 아니었다. 때로는 경쾌하게, 때로는 능치는 청년들의 음조는 인생의 질퍽임을 가볍게 증발시켰고 애끓는 한탄을 짐짓 모른 척 했다. 70년대 팝송과 80년대 운동가요 시대를 싹둑 잘라내고 남진, 주현미, 설운도, 김연자의 색 바랜 정조를 21세기 풍으로 접속한 절창이었다. 주막집 먹태를 올리브유로 발효시켰다고 할까. 내친 김에 먼 곳의 북소리를 불러들였다. 트롯 원조들의 목소리가 가슴을 파고들었다. '계속 들으시겠습니까?' 휴대폰 음악 앱이 가끔 지쳐 물으면 물론!을 꾹 눌렀다. 트롯은 급기야 내 마음의 놀이터가 됐다. 언택트시대의 놀이터, 트롯이 없었다면 지난 십 개월을 어떻게 건너왔을까 의구심이 들 정도다.

코로나가 창궐하기 전 놀이터는 밖에 있었다. 크고 작은 광장들, 골목길, 커피숍, 식당에서 빚어낸 컨택트 스토리가 감정의 질료였고 행동의 보고(寶庫)였다. 비대면 행동은 사회구성의 요소가 아니고 따라서 사회과학의 분석대상도 아니었다. 자아는 물론 인격과 품성도 모두 대면 접촉에 의해 형성되고, 제도와 규범이 사회행위를 빚어낸다는 명제 위에 사회과학이 구축됐다. 그런데 미물에 불과한 코로나가 20세기 대명제를 간단히 물리쳤다. 대민행위기 생명을 위협하는 상황에서 사람들은 모두 내면세계로 몰려들었다. 그 공간은 우선 낯설고 보잘 것 없었다. 위축된 대면접촉에서 수혈되지 않는 자아(自我)의 재고가 날이 갈수록 고갈됐다. 행복과 충만을 자가 발전해야 했다. 마음의 놀이터가 필요했는데 여기에 트롯이 화답했다.

트롯은 서양가곡, 아리아와는 달리 준비운동 없이 듣고 부를 수 있는 범속한 노래다. 격조 높은 수양과 성찰 없이도 서민의 심신을 아무렇게나 달래준다. 비록 사랑과 출세, 만남과 작별에 관한 싸구려 감흥이 주를 이뤄도 대면접촉의 추체험 지평을 열어주고 감정이입 끝에 웃음과 눈물을 솟게 한다. 여기에 '다 함께 차차차'로 몸까지 들썩이면 코로나에 대적할 언택트 시대의 저항에너지로는 손색이 없다. 내 마음의 풍차가 따로 없다.

그게 세종대왕이 바랐던 바다. 문자를 모르는 일반 백성들이 마음속에 고인 한(恨)과 정(情)을 퍼내는 비행체. 문자는 불명확한 감성의 실체에 정체성을 부여하고, 발성을 통해 생명을 돋게 한다. 표음문자로 발성된 감성과 정조가 급기야 음색과 가락에 실리면 통치의 최고봉인 음악정치에 닿는다. 한자는 논리 언어, 훈민정음은 감성 언어다. 백성의 성(聲)이 조화를 이뤄 흥겨운 곡조를 이룬 것, 치세지음(治世之音)이 훈민정음 창제의 최고 목표였다. 비록 한자의 발음기호로 출발했지만, 감성을 채집한 문지는 창가와 판소리로, 심지어는 포고문으로 진화해 지금의 광화문 광장을 이뤘다.

그런데 '제 뜻을 실어 펴지 못하는 백성을 어여삐 여겨 스물여덟 자를 만든' 세종대왕은 한글날 차벽에 갇힌 채 나홀로 놀이터에서 트롯을 독창하는 백성을 굽어보고 있다. '보릿고개'를 열창하는 14세 소년 정동원은 초근목피가 무슨 뜻인지 모르나 발음이 전해준 조부세대의 정서를 어렴풋이 느낀다. 한글 가락이 세대의 감흥을 탑재하고 있기 때문이다. 영탁이 '막걸리 한잔'을 외치면 한잔 걸친 듯 취기가 오른다. 언택트 시대여서 감흥은 곱절이다. 트롯은 모든 방송사로 번졌다. 마치 속요가 창가로, 창가가 포고문으로 진화하였듯, 트롯으로 분출되는 내면의 용암은 어디로 향할까. 세종대왕은 눈치 채셨을지 모른다. 서민적 에너지를 가득 실은 합주(合奏)가 광장을 막아선 차벽과 전경에 밀어닥치고, 나홀로 논리에 젖은 실세의 비답(批答)을 밀어제칠 징후를 말이다.

논리는 오류를 품지만, 감성은 흘러넘친다. 감흥보다 원성이 높은 논리는 분명 오류다. 외로운 세종대왕상, 광화문 광장이 텅 빈 한글날의 풍경은 성(聲)과 운(韻)에 충실했던 촛불혁명이 불과 3년 만에 퇴색하고 있음을 알리는 불길한 신호. 그래서 사람들은 노(老)가수 나훈아에게 몰려갔다. 인심에서 나온 음(音)을 서민적 가락에 실어 예나 지금이나 변함없는 감동을 전하는 한 예인(藝人)의 열창에서 초심을 읽은 것은 행복이었다.

온연On緣의 시대가 몰려오고 있다

가재산(핸드폰책쓰기코칭협회 회장)

"자 이제 곧 라이브 콘서트가 시작됩니다. 5분 전까지 입장해주세요!"

사회를 단골로 맡고 있는 셋째 손자녀석의 방송시작 멘트가 나오면서 온라인 콘서트가 매주 주말이면 15분간 진행된다. 코로나가 바꾸어 놓은 우리집 가족풍경이다. 운 좋게도 애들이 제때 결혼을 하는 바람에 손자들이 아들과 딸에게 두 명씩 네명이 있는데 다 초등생이다. 학교나 학원에 가지 못하고 집에만 있게 되니 안달일 수밖에 없다. 게다가 사회적 거리두기 2단계가 시작되면서 집안 모임을 당분간 하지 않기로 해서 왕래를 하지 못하니 손자들 얼굴조차 보기 어렵게 되었다.

녀석들이 스스로 생각해 낸 것이 '라이브 온라인 콘서트'다. 주말이 되면 손자 넷이서 온라인으로 콘서트를 연다. 여기에는 양쪽 할머니 할아버지는 물론 이모, 고모들까지 다 초대하다 보니 제법 관중이 많이 모인다. 녀석들은 각자 일주일 동안 배운 악기 연주도 하고, 노래도 하고, 춤으로 재롱을 부리기도 한다. 우리 관중들은 키톡 중계를 통해 빅수를 지고 하트를 날려 보내고 살한다는 칭찬 메시지만 보내면 된다.

인간은 누구나 강한 연결 욕구가 있다. 그런데 앞으로는 '얼굴 봐야 친해지지'는 옛말이 될지도 모른다. 코로나 사태로 사회적 거리두기가 일상이 되면서 사람 간 대면접촉이 힘든이지다보니 가족 간의 관계, 친구와의 만남이나 지인들과의 모임, 특히 회사에서 근무하는 모습도 크게 달라지고 있다. 코로나는 분명 우리에게 만남에 대한 불편함을 가져다주고 불안과 공포감을 갖게 하지만 디지털혁명 시대에 있어서는 결국 가야할 길을 재촉하는 방아쇠 역할을 톡톡히 해주고 있다.

그런데 소셜미디어에 익숙한 밀레니얼 MZ세대(1980년대 초~2000년대 초반 출생한 세대)들은 사회생활도 오프라인보다 온라인을 선호한다. 온라인 활동을 통해 각종 회사행사는 물론 인맥관리나 동호회 활동, 그리고 '연애사업'까지 이른바 '온택트'의 일상화다. 회사업무는 당연하고 미팅이나 인맥관리도 디지털로 속속 전환 중이다. 신입사원 교육 등을 모두 줌, 유튜브로 하고 있고 그 흔하던 단체회식도 '랜선회식'으로 한다. 대면 모임의 왁자지껄한 분위기가 가끔 그리워지는 건 어쩔 수 없다. 평소에 자주 모이던 동호회인 산악회를 온택트로 전환했다. 다 함께 등산을 가는 대신 각자 산에 다녀온 사진을 단톡방에 올리는 방식으로 운영하고 있다. 이들은 어려서부터 네이트온, 싸이월드, 페이스북 등 SNS로 친구를 만나왔기 때문에 동호회 활동도 온라인으로 하지 못할 이유가 없다.

이런 온라인을 통해서 가장 재미를 보고 있는 젊은이들이 있다면 단연 BTS다. 방탄소년단이 10월 10~11일 서울 올림픽공원 체

조경기장에서 연 'BTS 맵 오브더 솔원'을 191개국에서 총 99만 명 이상이 시청했고, 500억대의 매출을 기록했다. 이번 공연은 당초 현장 콘서트와 온라인으로 병행할 예정이었으나, 온라인으로만 진행됐다. 방탄소년단의 7년간의 성장이 오롯이 담긴 최고의 공연이라는 찬사를 받았고 그로 인해 한국인 최초 빌보드 싱글차트 1위에 올라섰다. 방탄소년단은 앞서 7월 첫 온라인 콘서트 '방방콘'에서도 세계 107개국에서 약 75만여 명의 동시 접속 시청자를 모아 기네스 세계기록을 써서 또 한 번 다이너마이트를 폭발시켰다.

이제 학연과 지연, 혈연이 아니라 '온연(On-line因緣)'시대가 성큼 다가오고 있다. 우리나라의 문화나 국민성은 좀 색다르다. 미국 같은 서양사람들은 개인 중심이자 나를 중심으로 인간관계가 형성되고 대화가 이뤄진다. 반면에 일본 사람들은 나보다는 나를 둘러싼 사람들 속에 내가 있어야 된다. 소위 집단 문화가 상당히 강하다. 그렇다면 한국사람은 어떨까. 개인주의와 집단 문화가 동시에 있다. 문제는 어느 때는 개인주의가, 어느 때는 집단주의가 발동되는데 이 연결고리는 인연(因緣)이다. 이러한 인연의 연결고리의 끈은 단연 학연, 지연, 그리고 혈연이다. 이러한 연이 연결되면 흩어져 있던 개인들도 순식간에 똘똘 뭉친다. 이러한 소통방식은 우리의 오래된 전통이지만 다양성이나 확장성 면에서 본다면 한계가 있는 것도 사실이다. 그런데 이기한 연에 의한 대면 소통방식이 크게 달라지고 있다.

코로나 이후에 몰락한 기업들도 많지만 크게 히트를 치고 있는 기업 중에는 화상회의 시스템인 줌(ZOOM)이 있다. 이 회사는 2011년 시스코 부사장 출신 에릭 유안(Eric Yuan)이 설립한 회사다. 그는 중국의 미국 이민자인데 대학교 시절 장거리 연애를 하던 중 불편함을 해결하려고 화상연애를 생각하여 화상회의 시스템을 개발해냈다. 그야말로 온연이 인연이 되어 탄생한 것이다. 코로나로 인해 출장 및 미팅을 할 수 없게 되면서 화상회의는 옵션이 아닌 필수가 되어 3억 명 이상이 쓰고 있는데 시가총액에서 IBM도 누르며 회의 시장을 이끌어 나가고 있다.

이러한 온연은 SNS의 폭발적 증가로 확산되면서 우리나라에서는 카톡이 대세를 이루고 있지만 페이스북 이용자가 16억 명이고, 트위터만해도 3억 명, 인스타그램도 4억 명이다. 중국판 카톡인 위챗 인구만도 11억 명이다. 비대면 초연결시대가 되면서 이제 SNS나 스마트폰이 불편한 사람들은 세상과 단절되고 격리될 수밖에 없다. 갈수록 외로운 세상이 되는 것이다. 디지털혁명으로 '디지털 디바이드'라는 용어가 화두로 등장했는데 코로나 이후 이러한 빈부격차가 더욱 커지고 있다.

디구나 스마트폰으로 모든 게 이루어지고 비대면 언택트 시대가 되면서 스마트폰을 제대로 쓰지 못하는 시니어 세대들은 완전

폰맹으로 전락하고 있다. 현재 우리나라에 문맹률은 1%밖에 되지 않지만 '낫 놓고 기역자를 모르는 게 아니라 핸드폰 옆에 놓고 밥 굶는 시대'가 되고 있다. 이제 온연의 대상도 가까운 친인척이나 친구만이 아니라 국경을 초월해서 더 많은 사람을 누구든지 만날 수 있다.

위기는 위대한 기회이기도 하다. 이제 디지털 강국인 대한민국이 꽃을 피울 절호의 기회다. 과거 동양과 서양을 잇는 실크로드가 세 가지 길이 있었다. 하나는 사하라 사막을 지나는 사막길, 또 하나는 오아시스를 경유하는 오아시스길, 그리고 남방의 해상을 따라가는 해상 실크로드가 있었다. 대한민국은 IT를 앞세워 온연으로 코로나로 떼어놓은 마음들을 더 많이 연결시켜 한류노믹스(Hallyu Nomics)로 한류를 꽃피게 하여 지구상에 우뚝 선 '디지털 실크로드'의 꿈을 꾸어 본다.

일반인도 과학에 관해 이야기할 수 있을까?

김기흥(포스텍 인문사회학부 교수)

과학지식은 일반인들이 접근하기 어렵다고 느낄 만
큼 그 심리적·물리적 거리가 크다. 이러한 거리감은 250여 년 전
과학기술이 일반지식의 영역에서 독립하여 분화하면서 형성된
"과학기술혁명"으로부터 기인한다. 시간이 지나면서 과학기술과
관련된 지식의 전문성과 특별함은 일반인들이 쉽게 받아들이고
설명하기에는 너무 어려운 대상이 되었다. 일반인의 뇌리에 각인
된 과학지식은 범접하기 어려운 경외의 대상이 되었고, 함부로 그
권위에 도전할 수도 없는 자리에 서게 됨으로써 중세 기독교라는
종교가 갖고 있었던 신의 권위를 대체하기에 이르렀다. 과학의 권
위와 비세속적 특성이 정점에 이르게 된 것은 20세기 두 번의 참
혹한 전쟁을 겪게 되면서 다양한 과학기술이 전쟁기술로 전환되
는 시점이었다. 과학지식은 일반인에게 함부로 개입하여 민주적인
조절통제를 시도할 수조차 불가능할 특별한 지식이 되었다. 일반
인이 갖는 과학자에 대한 이미지는 괴짜, 천재, 고립된 자, 특별한
능력을 부여받은 것으로 다양한 대중매체를 통해 재현되었고 그
이미지가 지금도 전체 사회에 순환되고 있다.

하지만 전후 과학자들이 창조한 원자폭탄의 종말론적 파괴성
과 DDT로 대표되는 살충제가 가져온 환경파괴 그리고 유전자 조
작기술의 발전으로 인해 생명의 근본적인 이미까지 위협받는 상

황에 이르면서 과학자들 자신으로부터 자성의 움직임을 보이기 시작했다. 대표적인 사례가 레이첼 카슨이 집필한 『침묵의 봄』이 가져온 엄청난 파장이었고 1969년 일군의 과학자들이 과학의 정치적 이용에 반대하면서 〈참여과학자 모임(Union of Concerned Scientists)〉을 조직하게 된다. 과학자가 던지는 자성의 목소리는 과학정책에 영향을 미치면서 과학지식을 어떻게 시민을 설득하고 알릴 것인가에 관한 관심이 폭발적으로 증가하기 시작했다. 또한, 2차 세계대전 이후 과학자들이 이루어낸 과학·기술적 성취는 가히 전례가 없는 혜택을 주었지만 이어진 냉전 시대에 소련과 미국 사이의 군비경쟁은 과학의 폭주를 막을 수 없었다. 하지만 1957년 소련이 인류사상 최초로 인공위성을 우주 공간으로 발사하는 데 성공함으로써 미국의 정치인은 물론 시민들까지 과학기술 경쟁의 패배로 받아들였고, 1961년 유리 가가린을 태운 우주선이 지구궤도를 여행하는 데 성공하면서 그 패배의 충격은 현실이 되었다.

이에 대한 대응은 두 가지 측면으로 나타났다. 미국이 왜 소련과의 과학기술 개발 경쟁에서 뒤처질 수밖에 없었느냐는 질문이 제기되었고, 두 가지 해답을 도출하게 된다. 하나는 대중이 과학에 관한 이해가 충분치 않았기 때문에 과학지식의 발전이 더 이상 이루어지지 않았다는 진단이었다. 다른 이유는 정치인을 비롯한 리

더십이 야심 찬 과학발전을 위한 지원을 하지 않았다는 사실을 발견하게 된다. 가가린의 우주비행이 성공한 지 40여 일 만에 당시 대통령이었던 존 F. 케네디는 10년 안에 인간을 달에 착륙시키겠다는 야심 찬 계획을 발표했다. 동시에 대중에 대한 과학교육의 확산과 대중의 동의가 없이 진정한 과학기술의 발전은 불가능하다는 결론에 이르게 된다. 그 결과 제시된 것이 '대중의 과학적 이해(Public Understanding of Science)'라는 개념이며 과학기술의 개발과 발전에 대중의 동의와 참여의 기회를 여는 역사적 전환점이 된다.

지금까지 과학의 내용을 대중들에게 전달하고 교육하는 방식은 일방적이었다. 대중들은 수동적이고 지적인 공백 상태에 있다는 가정하에 전문가는 일반 대중을 교육하고 계몽해야 하는 대상으로 인식해왔다. 그러나 1980년대 일어난 일련의 사건은 대중을 바라보는 관점의 전환을 일으켰다. 특히, 1986년 구소련에서 일어난 체르노빌 원전 폭발사건과 영국에서 일어난 광우병의 확산은 과학의 질주와 대중에 대한 동의가 없는 상황에서 과학기술이 일으킬 수 있는 문제점을 적나라하게 노출했다. 소비에트의 권위주의적인 체계는 시민사회의 견제 없이 공산주의라는 이념을 위해 과학기술이 복무하는 부차적 기능을 하고 있었다. 구소련의 원전은 소비에트의 기술적 승리이며 속도전의 상징이었다. 하지만 너무 무리한 작동과 안전장치에 대한 테스트없이 원전은 작동했고 결국 체르노빌의 원전폭발은 전 인류의 말살로 이어질 수 있는 치명적 사고로 기록된다. 또한 서구 자본주의의 상징이라 할 수 있는 영국은 1970년대 말 목축업과 사료생산의 규제를 완화하면서 초식동물인 소에게 동물성 사료를 먹이면서 광우병이 시작되었다. 질병에 오염된 사료가 동물사료에 유입되고 또한 오염된 소고기를 인간이 먹게되는 비극적인 현대 집약적 목축방식과 폐쇄적 정책결정구조는 결국 영국 역사상 최악의 보건위기로 이어진다. 결국 체르노빌 원전폭발은 구소련의 몰락의 시작이었고 10년이 지나기 전에 구소련은 붕괴하고 만다. 또한 대중에게 과학기술의 발전 방향에 관한 동의를 구할 의지도 없었던 영국의 보수당 정부도 결국 붕괴하고 만다. 결국, 원전폭발과 광우병의 확산과 같은 사회적 문제의 피해자는 대중들이었고 시민사회는 적극적으로 자신들의 목소리를 담아내기 위한 움직임을 이어갔다.

'과학에 대한 대중의 이해'가 전문가와 대중이 어떻게 상호소통하고 합의를 이룰 것인가에 관한 고민의 결과라면 본격적으로 '대중의 참여'가 이루어진 것은 1990년대를 지나면서 실현되었다. 대중은 전문가들과 함께 의사결정과정에 참여하는 파트너로서 인식

되었다. 물론 그 계기는 앞에서 논의한 '광우병'의 충격이 중요한 역할을 했다. 과학자의 연구 방향이나 주제가 밀실에서 결정되지 않고 윤리적이고 사회적인 문제를 시민사회와 논의하면서 합의를 이루는 방식의 결정구조가 형성되었다. 여기에 중요한 인식의 전환이 요구된다. 전문가의 지식과 일반인의 지식에는 근본적이고 질적 차이가 존재하며 그 관계는 위계적이라는 기존 관념을 벗어나야 한다. 물론 전문가들이 오랜 시간에 걸쳐 교육과 훈련을 거쳐 축적한 복잡하고 고도로 전문적인 지식을 일반인이 완전히 이해할 수 없다. 하지만 이러한 전문가들의 지식은 일반적이고 모든 환경에 적용할 수 있는 법칙과 관련된 지식체계이다. 하지만 일반인이 처한 구체적 상황이나 맥락을 모두 포괄하거나 반영할 수는 없다. 이처럼 특정 환경과 맥락에 적합한 지식을 구축하고 이해할 수 있는 일반인의 지식을 '일반 전문가(lay expert)'라고 부른다. 일반인의 구체적이고 맥락에 기반한 지식은 전문가의 일반지식과 결합하여 상호보완적 관계를 형성할 수 있다. 또한 윤리적이고 사회적인 파급력이 높은 과학적 연구주제는 시민사회와의 합의를 통해 진행해야 하는 원칙이 세워지고 있다.

그렇다면 다시 최초의 질문으로 돌아가 보자. 일반인도 과학에 관해 이야기할 수 있을까? 일반인은 과학자도 공학자도 아니다. 더구나 전문적 지식을 배우거나 실험실에서 실험을 수행한 경험도 없다. 그러나 일반인은 자신의 삶과 터전에서 축적해온 지역에 관한 지식을 갖고 있다. 이 귀중한 자산은 또 다른 과학적 지식 형성의 기반이 될 수 있다. 일반인이 과학에 관해 이야기하는 것은 다른 의미의 과학지식을 만드는 작업이다. 현대 사회에서의 소통은 단순히 일방향 소통에 의존하지 않는다. 소셜미디어와 인터넷과 같은 기술적 발전은 소통의 양방향성 또는 다방향성을 가능케한다. 사람들은 미디어 콘텐츠의 수용자이고 소비자이면서 생산자이며 수정하는 힘을 갖는다. 이제 일반인이 구성하고 이해하는 과학적 내용은 단순히 전문가들이 전달하려는 일방적 지식을 넘어 지식생태계의 다양성을 구성할 수 있다. 과학에 대한 일반인의 글쓰기나 이야기하기는 불가능한 일이 아니다. 오히려 좀 더 창조적이고 다양한 글쓰기와 일상에서 발견되는 과학적 현상에 관한 이야기를 만들 수 있다. 권위에 의존하여 일방적인 정보를 강요받는 시대는 지나갔다. 민주주의와 시민사회의 실현은 이처럼 작은 소통으로부터 시작된다.

테스 형, 동주 형!
―코로나 시대에 불러보는 '큰형'의 이름

노승욱(포스텍 인문사회학부 교수)

힐링의 아이콘이 된 나훈아와 소크라테스 형(兄)!

올해 추석 연휴의 빅 이슈는 단연 나훈아(羅勳兒)였다. 그는 KBS 2TV에서 방영된 비대면 언택트 콘서트, 〈2020 한가위 대기획 대한민국 어게인 나훈아〉에서 전국 종합 시청률 29%, 순간 시청률 41.4%(닐슨 코리아 집계)를 기록하는 기염을 토했다. 그런데 특이한 것은 나훈아 신드롬이 '현재 진행형'으로 계속되고 있다는 것이다. 특히 그리스의 고대 철학자 소크라테스를 해학적인 가사로 등장시킨 〈테스형!〉은 모든 연령대의 관심을 독차지하며 10월 23일, 유튜브 한국 인기 뮤직비디오 차트 1위에 등극하기도 했다. 15년 만에 공중파 방송에 출연한 만 73세의 노장 나훈아가 2030세대를 새로운 팬층으로 흡수하면서 방탄소년단[BTS]과 경쟁하고 있는 것이다.

나훈아가 대중 앞에서 〈테스형!〉을 부른 것은 추석 연휴의 언택트 콘서트가 유일하다. KBS 측이 〈대한민국 어게인 나훈아〉를 재방송하지 않기로 약속했기 때문에 나훈아가 〈테스형!〉을 무대에서 부르는 모습은 희귀한 영상이 되고 말았다. 신곡을 적극적으로 홍보해야 할 가수가 오히려 자신이 노래 부르는 모습을 감추고 있다니! 그런데도 이 노래의 공식 뮤직비디오는 유튜브에서 1,103만 회의 조회 수를 기록하고 있다.(11월 19일 기준) 가히 '나훈아 현상', '테스형 현상'이라고 할 만하다. 그렇다면 도대체 사람들이 나훈아와 〈테스형!〉에 열광하게 된 이유는 무엇일까?

〈테스형!〉은 나훈아가 작사·작곡하고 직접 부른 신곡이다. 2020년 8월 20일에 발매된 나훈아의 정규 9집 앨범인 〈아홉 이야기〉에 수록된 이 노래는 현자(賢者) 소크라테스를 '형(兄)'이라고 부르며 세상사의 모순과 부조리에 대한 고민을 토로하고 있다. 이 노래에서 지칭된 '형'은 '누나, 오빠, 언니' 등처럼 비슷한 연령대의 연장자를 가깝게 지칭하는 우리말식 표현이다. 만약 이 노래를 여자 가수가 불렀다면, '테스 오빠!'가 탄생했을지도 모른다. 나훈아의 노래로 인해 소크라테스는 이제 한국인들에게 '친근한 형'으로 등극했다. 그는 한국인들이 언제든 고민을 털어놓을 수 있는 '멘토 같은 큰형'이 된 셈이다.

이쯤 되면, 나훈아가 플라톤과 아리스토텔레스, 공자와 맹자 등을 제쳐놓고 왜 소크라테스를 형으로 삼고자 했는지 궁금해진다. 두 가지 측면에서 짐작해 볼 수 있다. 첫째, "너 자신을 알라[그노티 세아우톤(γνῶθι σεαυτόν)]"는 소크라테스의 명언을 통해 가장 똑똑한 시대를 살아가고 있다는 현대인들에게 반성과 성찰의 메시지를 주고자 했다고 할 수 있다. 둘째, 추석 언택트 콘서트에서 화제가 됐던 나훈아의 소신 발언을 통해서 코로나 시대에 각자도생하고 있는 한국인들에게 위로와 격려의 목소리를 들려주고자 했다고 볼 수 있다. 나훈아는 친근한 멘토 형, 소크라테스로 빙의해서 코로나 시대에 부재하고 있는 큰형 혹은 어른의 존재감을 드러냈다.

"우리는 많이 힘듭니다. 우리는 많이 지쳐 있습니다. 옛날 역사 책을 보든, 제가 살아오는 동안에 왕이나 대통령이 국민 때문에 목숨을 걸었다는 사람은 한 사람도 본 적이 없습니다. 이 나라를 누가 지켰냐 하면 바로 여러분들이 이 나라를 지켰습니다. … 대한민국 국민 여러분이 세계에서 제일 위대한 1등 국민입니다."

코로나가 한반도를 덮치고 전 세계를 뒤덮은 상황에서 대한민국 국민들이 간절히 찾은 대상은 갑옷을 입고 큰 칼을 찬 영웅이 아니었다. 역사 속의 장군들이 부활한다고 하더라도 눈에 보이지 않는 바이러스를 상대로 싸울 수는 없을 것이다. 불안과 두려움, 낙담과 절망에 처한 국민들은 그저 자신들의 목소리를 진심으로 들어줄 '마음 따뜻한 큰형'이 필요했던 것이다. 나훈아의 〈테스형!〉을 통해 국민들은 드디어 '큰형의 존재'를 실감했다. 그 형이, 설령 기원전 5세기경에 살았던 소크라테스여도 괜찮다. 1947년생의 전통가요 가수, 나훈아라도 상관없다. 도대체 알 수 없는 방향으로 흘러가는 세상에 대해 따지듯이 물어볼 수 있는 형이 있다는 것만으로도 이미 힐링을 체험하기 시작한 것이다. 결국 〈테스형!〉 신드롬의 요체는 '큰형의 귀환'이었던 것이다.

"아! 테스형 세상이 왜 이래 왜 이렇게 힘들어 … 너 자신을 알라며 툭 내뱉고 간 말을 내가 어찌 알겠소 무르겠소 테스형 … 아!

테스형 아프다 세상이 눈물 많은 나에게 아! 테스형 소크라테스형
세월은 또 왜 저래 먼저 가본 저세상 어떤가요 테스형 가보니까 천
국은 있던 가요 테스형"

드디어 나타난 큰형, 바로 테스 형에게 노래 속의 화자는 끊임
없이 묻고 또 묻는다. 세상이 왜 이렇게 힘든지, 그리고 세상은 왜
나를 아프게 하는지 하소연하듯이 묻는다. 갑자기 도래한 코로나
시대의 한복판에서 대한민국 국민들도 묻고 싶다. 세상이, 세월이
왜 이렇게 힘든지, 나와 내 가족들은 앞으로 누구를 믿고 무엇을
의지하고 살아가야 하는지, 독백이라도 좋으니 테스 형에게 묻고
싶다.

대한민국 국민들은 코로나 방역을 위해 너 나 할 것 없이 사회
적 거리 두기 캠페인에 앞장섰다. 아이들은 친구를 만날 수 없는
홈스쿨을 경험했고, 맞벌이 가정 부모들은 어린 자녀가 혹시 아프
기라도 하면 발을 동동 굴렀다. 병원에 입원 중이거나 해외에 체류
중인 국민들은 가족과의 만남을 기약 없이 미뤄야만 했다. 경제적
으로는 바이러스보다 더 무서운 실직, 파산, 집값 폭등 등이 개인
과 가정을 덮쳤다. 그러나 속 시원한 답을 해주는 지도자의 모습을
찾기는 힘들었다. 그런데 추석 명절의 깜짝 선물이었을까? 나훈아
의 노래에서 '큰형의 목소리'가 들려왔다. 이제는 힘들고 답답할
때 테스 형을 부르면 된다. 2020년 가을에, 코로나 블루와 코로나

트라우마를 치유하는 힐링의 아이콘으로 나훈아 형이, 소크라테스 형이 등장한 것이다.

언택트 산책의 시인 동주 형과 코로나의 시간을 함께 걷다

코로나 시대가 도래하면서 사람들이 다시 찾기 시작한 '오래된 습관'이 있다. 그것은 바로 '산책(散策)'이다. 잦아진 미세먼지 경보와 바쁜 일상을 핑계로 실천하지 못했던 산책은 도시로 이주한 현대인들에게는 '잃어버린 기술'이었다. 그런데 코로나 바이러스 공습경보 사이렌이 잠시 멎자 산책자들이 하나둘씩 나타나기 시작했다. 대도시의 헬스클럽이나 수영장 등이 잇따라 폐관되고, 국내외 여행도 녹록지 않은 상황에서 두문불출하던 사람들이 '확찐자'와 '코로나 블루'를 피해 집 밖으로 조심스레 나오기 시작한 것이다. 각기 저마다의 산책 시간을 정하고 마스크로 중무장한 후에 집 주변의 골목, 공원, 뒷산 등을 걷기 시작한 것이다. 앞사람과 거리 두기는 필수이고, 산책 중 대화도 자제해야 하며, 무엇보다 마스크를 답답하게 착용해야 하지만, 잠깐씩 마스크 안으로 맑은 공기를 유입시킬 때는 세로토닌이 온몸에 퍼지는 느낌을 받는다. 그래서 코로나 시대의 산책은 일종의 '해독 산책'이고 '치유 산책'이다.

그런데 해독과 치유를 위한 산책의 마무리가 글쓰기라는 것을 인식하기는 쉽지 않은 것 같다. 귀가 후에 맑은 차 한 잔을 마시면서 산책 중 생각했던 내용을 짧은 글로 써 보는 것은 치유 산책의 화룡점정이라고 할 수 있다. 에세이나 시도 좋고, 칼럼도 괜찮다. 그림 그리기가 곁들여지면 금상첨화이다. 산책하면서 떠올렸던 생각들, 느낌들, 이미지들을 글로 정리하는 시간을 갖는 것이다. 만약 산책 후의 글쓰기가 번거롭게 여겨진다면, 산책 중에 스마트폰의 녹음 앱을 작동시키고 순간순간의 느낌을 말로 표현하면 된다. 녹음된 목소리가 활자화된 문서로 한순간에 변환되는 IT 시대에 살고 있기에 이제는 '말하면서 글쓰기', '산책하면서 글쓰기'가 가능하다.

필자는 '산책하면서 글쓰기'의 원조가 '제국주의 바이러스'가 우리나라를 뒤덮었던 시기에 우리말로 표현한 시를 창작하면서 성찰하며 치유하는 글쓰기의 본을 보여 준 윤동주(尹東柱, 1917~1945) 시인이라고 말하고 싶다. 고향인 북간도 명동촌(明東村)을 떠나 연희전문학교(연세대학교의 전신) 문과에서 공부했던 윤동주는 일제로 인해 야기된 시대적 아픔을 치유하기 위해 홀로 하는 언택트(untact) 산책에 자주 나섰다. 그가 주로 산책했던 장소는 창천(滄川), 혹은 봉원천(奉元川)으로 불리던 하천이 한강과 합류하는 서강(西江) 쪽의 들판이었다. 그는 창천 벌과 서강 들판에서 혼자만의 언택트 산책 시간을 가지면서, 민족이 함께 겪고 있는 시련의 시간을 시 쓰기를 통해 견디어 나갔다.

　윤동주는 자신의 시를 통해서 본인뿐 아니라 우리 민족 모두가 일제의 폭압적 지배로 인해 겪게 된 고통으로부터 치유되기를 바랐다. 그가 연희전문학교를 졸업하면서 스스로 편찬했던 자선 시집(自選 詩集)인 『하늘과 바람과 별과 시(詩)』의 원래 제목이 '병원(病院)'임을 아는 사람은 많지 않다. 윤동주가 자신의 시집 제목을 '병원'으로 정하려고 했었던 이유는 당시 세상이 온통 환자투성이라고 생각했기 때문이었다.

　「병원(病院)」(1940)이라는 표제의 시에서 마음의 병을 앓고 있는 같은 민족에게 동병상련의 감정을 쏟아내던 윤동주는 「십자가(十字架)」(1941)에서는 "행복(幸福)한 예수·그리스도에게처럼 십자가(十字架)가 허락(許諾)된다면 목아지를 드리우고 꽃처럼 피여나는 피를 어두어 가는 하늘 밑에 조용이 흘리겠읍니다."*라고 고백하며 민족의 구원을 위한 제단에 자기 자신을 희생 제물로 바치려고까지 한다. 그러던 그가, 갑자기 「참회록(懺悔錄)」(1942)을 쓰고

---

*　이 글에서 인용된 윤동주의 시들은 초판본의 표기를 그대로 따랐다. 한자 표기인 경우에만 한글을 함께 병기했다. 윤동주의 초판본 시들을 보기 원하는 분들은 필자가 편저한 『초판본 윤동주 시선』(지식을만드는지식, 2012)을 참고하기 바란다.

일본 유학을 떠났다. 보통 참회록은 도덕적, 윤리적, 종교적으로 밑바닥에 떨어져 본 사람들이 쓰게 되는 글의 양식이다. 도대체 윤동주는 어떤 나락으로 떨어졌었길래 만 24년 1개월의 젊은 나이에 참회록을 써야만 했을까?

제국주의 바이러스에 대항해 민족 정신과 기독교 신앙으로 정신적·사상적 방역 라인을 두텁게 구축해 왔던 윤동주는 일본 유학을 준비하면서 일제가 강요한 창씨개명(創氏改名)을 하게 된다. '히라누마 도쥬(平沼東柱)', 일본 유학을 준비하던 윤동주가 도항 증명서를 발급받기 위해서 어쩔 수 없이 가져야 했던 일본식 이름이다. 어찌 보면 그는 유학 수속에 필요한 행정 문서의 발행을 위해서 창씨개명을 했다고 볼 수 있다. 그러나 그는 1942년 1월 19일, 연희전문학교에 '히라누마 도쥬'라는 이름을 적은 서류를 제출하고 참담한 굴욕감과 부끄러움에 괴로워하다가 닷새 후인 1월 24일, 통렬한 속죄와 회한의 고백을 담은 「참회록」을 작성했다.

창씨개명을 하면서까지 감행했던 일본 유학 생활을 반성적으로 돌아보며 창작한 「쉽게 씌워진 시(詩)」(1942)에서 윤동주는 "인생(人生)은 살기 어렵다는데 시(詩)가 이렇게 쉽게 씌워지는 것은 부끄러운 일이다."라고 고백한다. 학업과 시 쓰기, 그 어떤 것에서도 긴장의 끈을 놓지 않으려는 시인은 이 시에서 밤비 내리는 창(窓)에 비친 자기 자신을 향해 눈물어린 위로의 악수를 처음으로 건넨다. 「참회록」에서 과거의 시간뿐 아니라, 미래의 시간에서조차 철저한 속죄를 다짐했던 그가 이제는 스스로를 향해 위안과 치유의 손길을 내밀고 있는 것이다. 이 시를 마지막 작품으로 남기고, 윤동주는 이듬해에 일본 특수 경찰 '특고(特高)' 형사에 의해 체포된다. 불온한 사상범으로 몰려 징역 2년의 판결을 받고 후쿠오카[福岡] 형무소에서 수감된 그는 일제로부터 매일 '이름 모를 주사'를 맞는 생체 실험을 당하다가 조국 광복을 6개월 앞두고 옥사하게 된다.

「별 헤는 밤」(1941)에서 사랑하는 존재의 이름을 아름다운 말 하나하나로 불러주던 윤동주는 이제 그 자신이 밤하늘의 별이 되어, 그의 시를 사랑하는 이들에 의해서 그의 이름이 불리워지고 있다. 공식적으로는 문단에 데뷔한 적이 없던 무명 시인 윤동주, 그렇지만 일제 식민지 치하에서 고통받던 우리 겨레를 위로하고 치유하기 위해서 펜을 들었던 청년 문사의 시는 코로나 시대, 우리의 내면을 비추는 거울이 되어 성찰하며 치유하는 글쓰기의 명맥을 이어 주고 있다.

가수 나훈아가 고대 그리스의 철학자 소크라테스를 2020년의 코리아를 보듬어 주는 '큰형'으로 불렀던 것처럼, 필자는 윤동주 시인을 코로나 바이러스뿐만 아니라 불의와 불신, 대립과 갈등의 바이러스로 인해 고통받고 있는 대한민국을 치유해 주는 '큰형'으로 부르고 싶다. 제국주의 바이러스가 서슬 퍼렇게 기세를 떨치던 일제 식민지 치하에서 고독한 언택트 산책을 통해 성찰하며 치유하는 글쓰기의 본을 보여준 윤동주 시인을 이제는 '형'으로 불러보고 싶다. "동주 형, 인생은 살기 어렵다는데, 또 하루가 이렇게 쉽게 살아지는 것은 부끄러운 일입니다."라고 고백하고도 싶다. 그리고 묻고 싶다. "동주 형, 언제쯤이면 내가 나에게, 우리가 우리에게 눈물과 위안으로 붙잡는 악수를 할 수 있을까요?"

코로나의 바람이 거세게 부는 추운 계절이 다시 찾아오고 있다. 그렇지만 최근 미국의 한 제약회사가 95% 예방 효과의 코로나 백신 임상 실험을 마쳤다는 뉴스가 속보로 타전됐다. 동시에 필자가 살고 있는 지역에서 최근 발생한 확진자 소식도 문자 알림으로 긴박하게 전해졌다. 우리 가족에게 백신 접종의 차례가 오려면 어느 정도의 시간이 걸릴까? 전 세계 모든 사람이 백신을 접종하는 것은 가능할까? 벌써부터 걱정이 앞선다. 동주 형에게 또 묻고 싶다. "동주 형, 95% 예방률의 백신을 맞으면, 우리는 이제 코로나 전의 세상으로 다시 돌아갈 수 있나요?" 언택트 산책의 시인 동주 형과 얼마가 남았을지 모르는 코로나의 시간을 함께 걸으며 묻고 싶은 것을 죄다 쏟아 놓고 싶다.

시시콜콜한 이야기를 전달하는 우리 모두의 사소한 비밀들
─코로나 시대에 마주한 일상의 글쓰기

백지혜(포스텍 인문사회학부 교수)

전쟁을 겪지 않은 세대였다. 신용카드만 있으면 마트에서 얼마든지 생필품을 구할 수 있었다. 극장과 서점과 카페 역시 바쁜 일상과 분리하여, 시간을 홀로 보낼 수 있는 아지트였다. 그러나 이젠 이 모든 것이 항상 '셧다운' 될 수 있는 세상이 되었다. 2020년, 마트마다 품절된 라면과 통조림, 마스크, 손소독제, 재택근무와 사회적 거리두기, 그리고 식당을 방문할 때도, 카페를 갈 때에도 항상 우리를 기록하고 있는 QR코드. 버스나 택시에서 마스크를 쓰지 않는 무매너인에겐, 누군가가 이 잠재적 바이러스 보균자를 '신고 어플'로 고발할 수도 있다. 이 모든 것은 2020년이 가르쳐준 새로운 용어이다. 전쟁을 거쳐보지 않은 세대에게 전쟁의 문법을 가르쳐주고 있다.

이데올로기와 경제적 논리로 분화되었던 일 년 전 현실이 아득할 만큼, 바이러스 하나로 전 세계는 생각지도 못한 화학전쟁을 치루고 있다. 국경의 자유로 상징되던 유럽은 독일과 프랑스의 봉쇄 조치로 알 수 있듯, 이동의 최소화와 사회적 거리두기가 이 사회에서 가장 필연적인 방역임을 상기시킨다. 곧 닥쳐올 바이러스의 '3차 파동'에도 여전히 무방비 상태인 유럽을 보고 있노라면, 전쟁 이후 왜 그토록 많은 나라가 국경을 봉쇄하였는지 이해가 간다. 기초 병상의 확보나 사회제반 시설이 공고하지 않는 현실에서 국경을 열어두는 것이 무슨 의미가 있겠는가? 사국민을 세내도 보호

하지 못하는 나라는 나라가 아니기 때문이다.

그렇게 본다면, 비정상적인 상황에서 가장 우호적인 감정으로 전파되는 것이 바로 '우리'라는 연대 의식이다. '우리' 모두의 건강과 안녕을 위해, 확진자가 거쳐온 장소는 핸드폰과 카드 사용 내역으로 확인되고, 이는 곧 재난문자로 공개된다. 단지 N차 감염을 막기 위한 바이러스 접촉을 파악하기 위했을 뿐인데, 시간대별로 공개되는 확진자의 사생활은 곧 비난으로 돌변될 수 있다. "이 시국에 거길 왜 갔냐?"와 같은 발언은 우리 모두가 감염자에게 한 번씩 내뱉은 질타일 것이다. 그러나 건강함에 대한 정의가 비단 신체에 국한된 것이 아니라면, 정신적 가해 역시 코로나 시대에서 위협적으로 다가온다. "열이 나도 코로나 확진자일까봐 병원에 가지 못하겠어요." 와 같은 증언들이 인터넷 세상에 난무하는 이유는 웬만큼 아프지 않고서야 잠재적 보균자가 될 '나'를 숨기는 것이 편하기 때문이다.

문득 여기에서 작가 박완서를 떠올려 본다. 박완서는 몸소 한국의 근대사를 관통하며 인생의 굴곡을 소설 속에 녹여냈다. 일제 강점기, 6.25 전쟁, 1970년대 한국의 근대화와 같은 시대의 힘이 배경이 되어, 작가 개인의 소소한 이야기들을 소설에 그려냈다. 개성을 떠나 전쟁 당시의 서울은 소설에서 복원된다. 박완서는 서울의 빈곤함을 궁핍한 음식의 양으로 가늠한다. 인민군의 눈을 피해 서울에 잔존하고 있는, 미처 피난 가지 못한 자가 갖고 있는 "한달 가량의 양식"은 가족이 먹고 살아남을 최대 생존 기간을 의미한다. 잡곡과 김장김치, 장작과 우물 근처에서 얻을 수 있는 올망졸망한 쌀자루, 감자와 푸성귀를 얻을 수 있는 텃밭, 그 너머의 논에 대한 자세한 묘사는 '목구멍이 포도청'일 수밖에 없는 인간의 원초적인 삶의 현장이었다. 그리고 총과 칼, 이성으로는 설명이 안 되는, 전쟁이 부여한 일상의 잔인한 기록이기도 했다.

박완서 소설에서 전쟁이 부여한 잔인함은 소소한 먹거리에 악착같이 매달리는 식욕으로만 재현되지 않는다. 그의 소설에서는 질병으로 고통 받는 많은 중환자들이 등장한다. 신경과민, 환청을 겪고 절름발이로 남아있는 오빠도 있으며, 인민군을 보고 도리질을 쳤던 기억이 트라우마로 남아, 여든 평생 고개를 흔드는 할머니도 있다. 눈앞에 쌓인 시체를 보고, 점차 무덤덤해진 손놀림으로 산모의 낙태를 돕는 산부인과 의사도 있으며, 뱃속의 아픈 명치를 누군가가 만져주길 바라는 환자들이 수두룩하다. 이들은 말을 더듬거나, 몸이 힘들긴 하지만, 한편으로는 자신이 겪었던 시내를 몸으로 증언하며, 소설 속에서 부활한다. 박완서는 그 시대를 겪었던 이들이 짊어진 고통을 생생한 신체의 감각으로 복원하여, 우리에게 전달하고 있는 것이다.

이와 같이 몸이 무서진 자들도 있다면, 전쟁을 겪고도 온전히 살아남은 자들은 또 어떤 삶을 살고 있는가? 천장 속에 숨어서라도 목숨을 부지하는 오빠처럼, 사람들은 어떻게든 생업에 종사하기 위해, 자신의 안전을 영위하기 위해, 가족을 위한 가혹한 고통의 시기를 견뎌내 연명한다. 어제의 공산주의가 오늘은 자유주의로 전복하는 현실에서, "기분 나쁜 불안 요소들은 시한폭탄처럼 제거되어야"했기에, 박완서는 자신이 왜 이런 원죄를 뒤집어쓰는지도 모르는, 단지 전쟁 직후 '사회 불안'을 야기하는 존재들이 제거당하는 장면을 치밀하게 묘사하였다. 의용군에 끌려나간 오빠가 사람들 앞에 '수모'를 당하는 장면이 바로 그것이다. 전쟁 직후 아군인지 적군인지 서로를 모르는 상태에서 사람들은 서로에 대한 고발과 밀고를 밥 먹듯이 했다. 이러한 오빠를 둔 여동생은 빨갱이처럼 취급되어 다음과 같이 묘사된다.

> "그들은 나를 함부로 욕하고 위협하고 비웃었다. 그러나 그들의 눈빛에 의하면 그 정도는 인권침해도 아무 것도 아니었다." *

사람을 야금야금 죽일 수 있는 힘은 함부로 대하는 그 '눈빛'에서 비롯된다. 법리적 해석의 우월성이나 신체적 가해보다 더 폭력

---

* 박완서, 『그 많던 싱아는 누가 다 먹었을까』, 세계사, 2012, 268면.

적인 것은 타인에 대한 무지에서 비롯된 경멸과 멸시, 몰이해라는 것. 박완서 소설을 읽다보니, 내가 겪지 않았던 누군가들의 전쟁이 이젠 조금은 이해가 된다. 그리고 이는 현재의 '코로나 이후의 삶'과도 상당히 유의미하게 연결된다. 모두의 평안을 유지하기 위한 강력한 힘의 원천에는 누군가에 대한 배제와 몰이해가 스며 있는 것은 아닐까. 이것은 안녕을 가장한 또 다른 폭력은 아닐까.

소설가 D. H. 로렌스는 "소설의 엄청난 중요성"에 대해서 "우리의 공감적인 의식의 흐름을 새로운 곳으로 이끌어가고 (……) 우리의 공감을 죽어버린 것으로부터 물러나게 하고 (……) 삶의 가장 비밀스러운 장소를 드러낼 수 있는 것"이라고 보았다. 독자의 의식에 행사하는 그 힘 덕분에, 소설은 심리적이고 도덕적인 의식을 확장시키기도 하지만, 타인의 삶을 직접 경험하는 듯한 심리적 체험까지 맛보게 한다. 이것이 바로 소설과 이야기를 읽는 힘이 된다. 즉 소설가들은 사소하고 시시콜콜한 이야기를 전달한다. 섬세하게 구별되는 시간의 척도, 이것저것 다 이야기하는 태도 등이 바로 그 것인데, 이런 진행방향은 소설가들이 그려낸 디테일과 주인공의 사적 경험을 그려내는 중요한 원칙이 된다.

그렇게 본다면, 박완서뿐만이 아니라, 어쩌면 우리 모두는 이 시대가 요구하는 소설가의 자질을 갖춘 행운아(?)이다. 듣도 보도 못한 팬데믹을 겪으며 우리는 얼마나 많은 비밀을 보유하고 있는

가. 그리고 그 비밀에 대해서는 침묵할 수 없을 정도로, 하루하루 시시콜콜 수많은 스토리를 만들고 있지 않은가. 굳이 이 스토리를 공개하지 않아도, 우리가 겪은 이 비밀은 누군가의 공감을 자아내기에 충분하다. 이 시대야말로 (소설) 쓰기에 적합한 특수한 시대가 아닐까. 코로나 시대, 일상의 글쓰기가 시작되는 지점도 바로 여기에 있겠다.

온라인 수업에서 만난 현실

조윤정(카이스트 인문사회과학부 교수)

"제 목소리, 잘 들리나요?" 수업을 시작하자마자 학생들에게 제일 먼저 하는 인사가 되어버린 말이다. 멀리서 수업을 듣는 학생들에게 내 목소리가 가닿는지, 늘 불안하다. 학생들은 고개를 끄덕이거나, 채팅창에 '잘 들려요'라고 대답한다. 처음엔 그 상황에 적응이 안 되어서 학생들에게 목소리로 답해주길 요청했다. 그런데 대부분의 답은 문자로 돌아왔다.

나중에 알았다. 온라인 회의실에서 누군가 말하면, 그 사람의 얼굴이 강조되어 보이고, 학생들은 그걸 꺼린다는 사실을 말이다. 유튜브에서 가상의 아이디로 유튜버에게 '좋아요'를 누르거나 이모티콘으로 공감을 표하던 학생들은 비대면 수업에서도 일상처럼 자신의 의사를 표시했다. 내가 질문을 던지면 채팅창에 실시간으로 답변이 도착했다. 그들은 순식간에 나를 유튜버로 만들어주었다.

처음엔 기본 설정이 '음 소거' 상태인 것이 문제인가 싶어서 전체 음 소거 해제 버튼을 눌렀다. 그러자 온갖 소음이 밀려들었다. 집, 카페, 기숙사 등 학생들이 있는 장소의 배경음이 실시간으로 틈입해 수업을 진행할 수가 없었다. 음 소거 상태는 수업의 필연적인 전제 조건이 될 수밖에 없었다. 심지어 도서관에서 수업을 듣는 학생은 마스크를 쓰고 있어야 해서 말하고 싶어도 말하지 못했다. 학생들의 목소리가 없는 강의실. 나는 그곳에서 실시간으로 채팅을 확인하며 수업을 진행했다. 출석 확인 겸 질문도 채팅으로 받아서 그것들을 증거자료로 삼았다. 수업 중에 농담할 때면 그게 농담인 걸 알려주기 위해 내가 먼저 웃었다.

그러다 어느 날 출석을 부르고 있는데 한 학생이 대답을 하고 순식간에 사라지는 광경을 보았다. 학생이 설정한 가상화면 너머로 원근감도 없이 사라지는 걸 목격하자 순간 무서운 생각이 들었다. '내 수업을 듣는 학생이 분명 현실 어딘가에 존재하기는 한 걸까?' '나는 지금 누군가 설정해 놓은 가상의 인물을 향해 열심히 강의하고 있는 게 아닌가?' 가상화면 너머로 사라졌다가 다시 돌아온 학생은 화장실에 다녀왔다고 했다. 그 학생의 배경화면은 광활한 우주였는데, 그 우주 너머에 화장실이 있다는 게 왠지 다행처럼 느껴졌다.

문득, 학생들이 전했던 온기며, 냄새, 다리 떠는 움직임까지가 그리웠다. 그때부터 난 학생들의 목소리를 포기해서는 안 된다는 생각에 이르렀다. 단답형으로 답할 수 없는 질문을 던지고 생각을 물었다. 학생들은 자신이 채팅창에 문자를 입력하는 속도가 말하는 속도보다 확실히 느릴 수밖에 없다는 사실을 알기에, 스스로 음소거 해제 버튼을 누르기 시작했다. 그리고 자신의 이야기가 끝나면 다른 학생이 말할 수 있도록 다시 자기 컴퓨터의 음 소거 버튼을 눌러 주었다. 그들의 목소리는 저마다 달랐다. 인공지능이 도달할 수 없는 영역. 그 자유로운 자발적 소통의 공간에서 학생들은 글을 쓰고 토론을 하기 시작했다.

그러자 학생들의 가상화면이 제각기 다른 게 또렷이 눈에 들어왔다. 학생들은 저마다 자연을 배경으로 삼아 수업을 듣고 있었는데, 놀랍게도 그게 모두 달랐다. 우주, 식물, 바다, 산, 동물. 그들은 코로나 바이러스 때문에 쉽게 외출할 수 없는 아쉬운 마음을 그렇게나마 달래며 내 수업을 듣고 있었다. 우주 한가운데에서, 산 정상에서, 식물의 뿌리 부분 등에 다소곳이 앉아 교재를 넘기며, 그들은 생각하고 글을 썼다. 그들이 가상의 배경화면 너머로 숨긴 것이 정리되지 않은 방일 수도 있고, 피시방의 분주함일 수도 있고, 엄마의 잔소리일 수도 있다는 사실이 내게 보이기 시작했다.

코로나 바이러스 확진자가 조금씩 줄어들자, 한동안 뜸했던 교내외 콜로키움을 온라인으로나마 재개했다. 발표자는 커다란 강의실에서 자신의 연구 내용을 발표하고, 진행자를 제외한 대부분의 청중인 다른 연구자들은 각자의 공간에서 그 발표를 들었다. 놀라운 건 교수들도 학생들과 다르지 않았다는 점이다. 저마다 이름만 떠 있는 까만 화면 너머에 얼굴을 숨긴 채 동료 연구자의 발표를 들었다. 그리고 발표 내용 중에 궁금한 점이 있으면 비로소 얼굴을 드러내고 질문을 했다.

신체적 움직임이나 얼굴 표정 등의 비언어적 단서가 전달될 수 없는 환경에서 교수들은 연구 결과를 발표하고 듣있다. 나는 동료 연구자의 흥미로운 발표가 끝나자 힘껏 손뼉 쳤다. 그런데 청중이었던 나의 기본 설정도 비디오 오프에 음 소거였다. 나는 급한 대로 식사를 하며 발표를 듣던 자신을 숨기고 있었다. 결국 내가 보낸 '열띤' 반응은 끝내 발표자에게 전달될 수 없었다. 학생들도 수업이 끝나고 나면 이런 아쉬움을 느끼지 않을까.

작은 렌즈 하나에 기대어 수업을 진행한 지 벌써 일 년이 다 되어 간다. 그 렌즈 안에 들어갈 수 있는 공간이 그리 넓지 않아서 온라인 수업 중 나의 연구실은 무척 깔끔한 모양새를 갖췄다. 그 너머로 산처럼 쌓인 책과 논문, 학생들의 시험지들은 화면 너머에 오로지 나만 느낄 수 있는 무게로 놓여 있다. 이제는 학생들이 가상화면 너머로 숨겼던 것들이 공간이나 물건만이 아니었음을 느낀다. 바쁨, 피로, 외로움. 그 모든 일상의 상태가 보이지 않아도 보였다.

언젠가 한 번은 한참 강의를 하고 있는데, 채팅이 여러 개 도착했다. '교수님 목소리가 안 들려요.', '저만 안 들리나요?' 순간 너무 당황한 나는 얼굴이 빨개졌다. 음성 장치를 확인하고 다시 수업을 시작할 때까지 학생들은 나를 기다려 주었다. 그리고 그들은 나에게 '이제 들려요'라고 안심하라는 메시지를 보내주었다. 온라인 수업을 할 때는 기다림의 시간이 필요하다. 갑자기 인터넷이 끊긴 학생이 다시 돌아오기까지의 순간, 채팅 입력의 느린 속도, 목소리의 겹침, 그리고 음 소거 버튼을 누를 때까지의 용기. 이 모든 것이 온라인상에서 만난 교수와 학생의 현실이다.

　나는 이제 줌(ZOOM) 강의실에 들어가면, 이렇게 인사한다.

　"반갑습니다."

파도 아래로

황윤진(포스텍 문명시민교육원 연구원)

한때 '내 인생은 별 재미가 없다'고 생각한 적이 있었다. 겁이 많고 내성적인 성격에 하라는 공부만 열심히 하는 범생이, 부모님께 대든 적 없는 그런 얌전한 딸이었다. '별일'이 없다는 의미에서 내 인생은 재미가 없었다. 그런데 서른을 앞둔 어느 해, 삶의 다음 장으로 넘어가기 위한 의식이라도 치르듯 내 인생의 '별일'이 드라마처럼 쏟아졌다.

딸부자 집의 늦둥이 막내로 태어난 나는 부모님과 보낼 수 있는 시간의 부족함이 늘 아쉬웠다. 열두 살 터울의 큰언니와 비교해, 부모님과 보낼 시간을 12년은 까먹고 태어난 거라 생각했다. 게다가 성인이 되고 공부를 위해 집을 떠난 후로는 가족과 함께할 시간을 갖기가 더욱 어려웠다. 석사과정을 마친 후, 공부를 계속 해도 될지 확신이 서지 않았다. '그래, 집에서 가족들과 시간을 보내며 천천히 진로를 결정하자!' 부모님이 계시는 울산으로 내려갔다.

그토록 기다린 부모님과의 생활이었지만, 그리 오래지 않아 이런 저런 갈등이 생기기 시작했다. 우선 엄마의 생활태도가 맘에 들지 않았다. 바깥일을 하시는 엄마는 끼니때를 지나 퇴근하시면 밤늦게 배달음식을 시키곤 했다. 문제는 늦은 밤에 누르는 배달원의 초인종 소리 때문에 식구들이 잠을 깨는 것이다. 엄마는 '잠을 깨워 미안하다'는 양해의 말 대신 '뭘 그리 예민하게 잠을 깨냐?'며 핀잔을 주었다. '뭐지? 같이 사는 사람을 너무 배려하지 않잖아!'

엄마의 행동에 대한 불만의 표시로 난 엄마가 권하는 치킨을 먹지 않았다.

갈등이 또 다른 갈등을 만들었다. 줄줄이 잡혀있는 자기소개서 마감일과 아무리 외워도 끝이 없는 취업시험 과목들로 인한 부담은 가족 불화의 스트레스에 비하면 차라리 나은 편이었다. 어린 시절의 상처들까지 떠오르며 속이 상했다. 가화만사성이라고, 나는 매일 밤 울다 잠들었다.

스트레스가 심했더니 몸이 아프기 시작했다. 서울에 필기시험을 치르러 간 어느 날, 옷이 차갑게 젖도록 땀이 나고 심장이 빨리 뛰었다. 가슴이 답답하여 속옷을 벗어 봐도 숨이 잘 쉬어지지 않았다. 그러고 보니 최근 '살 빠졌냐?'는 질문을 많이 받았다. 느낌이 이상해 오랜만에 체중을 재보았더니 평소보다 6kg이 빠져있었다. 안되겠다 싶어 병원에 갔고, 의사는 '갑상선 항진증'이라고 했다. 내 의지와는 상관없이 자꾸만 살이 빠졌다. 겁이 났다. 병원에서 준 '항우울제' 처방전을 보고 있자니 스스로가 딴 사람처럼 느껴졌다.

취업 스트레스와 엄마와의 갈등으로 힘든 가운데 힘이 되어준 친구가 있었다. 페루에서 사제 서품을 받는 지인을 방문할 겸 북남미를 여행하다가, 여행길에 들른 성당에서 만난 청년한테 홀딱 반해 한국에 와서도 계속 연락을 하고 지냈다. 5개월 동안 통화만 하고 지내다가, 로마에서 열리는 교회 행사에 함께 참가하여 만나기로 했다. 행사가 진행되는 동안은 각자의 그룹과 함께 움직였기 때문에 밥 한 끼를 같이 먹을 수 없었지만, 공식 일정이 끝난 후 자유여행을 하며 데이트를 하자고 했다. 기다리고 기다리던 님을 만나기 30분 전, 아름다운 해안도시 친퀘테레(Cinque Terre)행 기차에서 문자를 보냈다. "도착하면 호텔에 짐 풀고 다시 연락을 할게. 곧 보자!" 그런데 이게 무슨 일인가! 함께 여행 중인 친구의 캐리어를 옮겨주려 아주 잠시 숄더백을 옆구리로 넘긴 사이 핸드폰을 소매치기 당하고 말았다. 약속 시간과 장소도 정하지 않고, 내가 묵는 호텔 주소도 알려주지 않았는데 연락할 길이 없어졌다. 친퀘테레 마을들을 몇 바퀴씩 돌았지만 만나지 못했다. 마지막 희망을 가지고 그 친구의 그룹이 탈 폼페이행 기차의 승강장에서 목을 빼고 기다렸지만 결국 만나지 못했다. 그토록 기다린 사람을 코앞에 두고 만나지 못하다니. 친퀘테레의 자연은 가슴 벅차게 아름다웠다. 신선한 해산물도 훌륭했고, 뜨거운 태양 아래 해수욕의 사치도 즐겼다. 행복했지만 주책없게 자꾸 눈물이 났다. '곧 보자'고 해놓고는, 나는 여행을 다 마치고 한국에 돌아가 일주일 만에야 다시 연락 할 수 있었다.

"Life is like the waves. They are coming one right after another."

- 인생은 파도 같아. 파도 하나가 갔다 싶으면, 곧바로 더 큰 파도가 와.

"So how do you avoid them from crashing into you?"

- 그래서 넌 그 파도를 어떻게 피하는데?

"There's no way to avoid them. I just take one at a time."

- 피하는 방법이 어디 있어? 그냥 한 번에 하나씩 맞고 서 있는 거지.

"You avoid them by humbling yourself and asking for forgiveness. When you humble yourself, you give your neck to the other. You bow down humbly to accept persecution even if it's not your fault. The persecution are the waves. They are life struggles, battles, judgements etc that you are fighting against. It is the only way to avoid the hard crushing waves. That's why you bow down and go under the waves not through the waves."

- 네 자신을 겸손하게 낮추고 용서를 청하며 파도를 피하는 거야. 겸손하게 상대에게 너의 목을 내어주는 거지. 네 잘못이 아니더라도 박해를 받아들이는 거야. 파도는 네가 겪는 네 인생의 어려움, 투쟁, 판단들이야. 거세게 들이치는 파도를 피하는 방법은 파도를 뚫고 서 있는 게 아니라, 몸을 낮춰 파도 아래로 내려가는 거야.

'버티고 서서 온몸으로 파도를 맞지 말고 몸을 낮추어 파도 아래로 들어가라.' 그날의 대화를 떠올리면 물속으로 들어간 물고기가 느끼는 것 같은 편안함을 느낀다. 옷을 벗은 채 바다수영을 할 때처럼 부드러운 물이 온몸을 감싸는 것만 같다.

올해, 2020년에는 여행을 가지 못했고, 애써 사람을 만나지도 않았다. 집순이의 생활반경이 더 좁아졌다. 다사다난했던 스물아홉의 추억을 한 조각씩 꺼내 먹으며 보냈다. '코로나가 사라지면 여행가자. 상황이 좀 괜찮아지면 그 때 보자.' 보고 싶은 인연과 하고 싶은 일들을 유예하며 한 해를 보냈다. 그러나 이제는 인정해야지. 코로나 이후의 세상은 없다는 걸.

이제까지 엄마는 내게 아흔아홉의 사랑을 베풀어 주셨는데 왜 나는 엄마의 겨우 한 가지 허물을 넘길 수 없을까 죄책감이 들었다. 그래도 마음속에 남아있는 상처들을 이번 만큼은 꺼내놓고 싶었다. '그래, 우린 서로에게 자유로워져야 해!' 미워하기 위함이 아닌, 서로 진정으로 사랑하고 자유로워지기 위해 문제들을 제대로 마주해야 할 때가 온 게 아닐까? 코로나로 집에서 가족들과 보내는 시간이 많아지기 전에 엄마와 화해를 할 수 있어 다행이다.

갑상선 항진증이 낫는 과정에서 갑상선 저하증이 온다. 도로 살이 쪄서 이젠 살을 빼겠다고 야채식을 한다. 올해 초에는 시신경에 문제가 있는 걸 발견했다. 갑상선 가고 녹내장이 왔다고 농담도 한다. 병에 걸릴 수도 안 걸릴 수도 있다. 불확실함의 어두움에 사로잡히지 않기 위해, 나는 현재에 집중하고 매일 마인드 컨트롤을 한다. 더 이상 건강에 대한 걱정 없는 일상은 없다. 매일매일 건강하게 먹고, 운동하고, 긍정적인 마음으로 즐겁게 지내는 것이 내가 지향하는 코로나 시대의 새로운 일상이다.

페루 마추픽추에서 미국 댈러스로 올라갔다가, 또 이탈리아 해안으로 날아다녔다. 이전처럼 대륙과 대양을 건너며 자유롭게 여행할 수 있을까? 먼 이국에서의 휴가는 잊어버리기로 했다. 돈을 모아, 연차를 아껴 언제 다시 휴가를 갈 수 있을지는 더 이상 중요하지 않다. 맘 편히 그 모든 것을 보내주었다. 자유여행도 무모한 연애도 젊은 날의 소중한 추억이다.

코로나 팬데믹은 모두의 생활양식 전체에 갑작스러운 변화를 가져왔다. 2020년에는 이 변화의 위력을 제대로 체감했다. 많은 것을 상실했다고 슬퍼할 수도 있지만, 힘을 내어 주어진 현실로 눈을 돌린다. 파도 앞에 버티고서 하나가 지나가면, 힘을 짜내 다시 하나를 버텨내는 것이 아니다. 100미터를 질주하듯 마라톤을 할 수는 없는 법이다. 삶의 위기는 계속 이어질 것이다. 파도처럼, 하나가 가면 또 다른 하나가 올 것이다. 나는 몸을 낮춰 파도 아래로 간다.

2부

글로 마음을 잇다
─코로나 시대, 일상의 기록

나에게도 이런 날이 오기까지

강영희

오늘 창밖을 바라보니 가을 풍경이 참 아름답다. 오랜만에 느끼는 마음의 여유와 행복감은 어디서 왔을까를 곰곰이 생각해본다.

요즘 멍 때리기를 자주 하고 있다. 40년 6개월을 공직생활 동안 바쁘게 살아오면서 누릴 수 없었던, 편하고 좋은 시절이 나에게도 찾아온 것이다. 성공적인 삶이라고 자부할 수는 없지만 참 열심히 살아왔다. 남편과 아이 둘을 같이 부양하기 위해 워킹맘으로 생활하면서 직장에서도 뭔가를 이루었으면 하여 매사에 최선을 다했고 집에서도 아이들에게 좋은 영향을 주고 싶다는 마음으로 살아왔다.

이런 나의 태도는 바로 내가 자라온 환경, 그리고 아버지로부터 비롯된다. 그래서 아버지의 삶에 대한 감사하고 숭고한 마음이 들어 아버지에 대한 글을 써보고 싶어졌다. 아버지는 제주도 산간지역의 마을에서 태어나 내가 대학교 때 돌아가셨는데, 지금까지 살아계시면 100세 정도 되신다. 1920년대에 태어나신 아버지는 그야말로 한국의 식민지 시기와 전쟁을 다 겪어오셨다. 아버지뿐만 아니라 모두가 힘들었던 시기이기도 하다. 어려웠던 시기에도 아버지는 우리 6남매에게 항상 창의적이면서 도전할 수 있는 용기를 주셨다. 우리 아버지는 나에게 항상 우리는 입도 17대 진주 강 씨라는 자부심을 심어 주셨다. 그게 크게 무엇을 갖다 주는지 생각을 못 했고, 그 시기에 아버지가 힘들었나 생각할 겨를도 없었다.

아버지의 삶은 가난했다. 우리 할머니는 변변한 살림살이 없이 산골로 시집오셨다고 늘 말하셨다. 할아버지가 일본으로 떠난 이유도 바로 돈을 벌기 위해서였다. 아버지의 고난도 이때부터 시작되었다. 이웃 지인의 도움을 받아 할아버지를 만나기 위해 6살에 일본으로 떠났지만, 사정에 의해 할아버지를 만나지도 못한 채 일본인 집에 맡겨져서 그 집 잔심부름을 떠맡게 된 것이다. 생판 모르는 곳에서 소소한 일들을 하면서 고생하며 자라온 것이다. 신문배달, 목욕탕 신발정리 등 밥을 얻어 먹기 위해서는 어린 나이지만 안 해본 일이 없을 정도라 하셨다. 조금 커서는 공장에서 인쇄하는 일을 배우셨다. 아버지의 나이 불과 초등학교 4학년 무렵이었다.

우리가 자랄 때 들은 아버지의 영어 발음은 일본식으로 배우셔서 구식이었지만, 한편 생각해보면 그 나이에 영어를 읽어 주실 정도였으니, 아버지의 교육 수준은 상당히 높으신 편이었다. 나는 항상 고생한 아버지의 이야기를 듣기 좋아했고 아버지 또한 그런 이야기를 자주 해주셨다. 정규 교육과정을 독학으로 하셨다는 말씀을 많이 하셨는데, 초등 4학년에서 중학교 과정을 혼자 공부하셨다는 이야기, 즉 지금 같으면 검정고시를 보셨다는 말씀이셨는데, 수학 중 어느 부분은 정규과정에서 배우질 못해서 이해하기가 힘들었다고 하셨다. 아버지는 인쇄업 종업원으로 돈을 버셨는데, 그

달 받은 봉급을 직접 주인이 주지 않자, 주인이 있는 안방 저금통에 그달 그달 돈을 넣은 것을 확인하며 일을 하셨다. 이럴 때마다 일본인 밑에서 부지런히 일을 하면서 돈을 벌고 진학하여 공부를 더하고 싶은 욕망이 커져갔다. 아버지는 검정고시로 중고 과정을 거쳐서 대학 진학의 꿈을 키웠는데 주경야독을 하며 먹거나 쉬거나를 편하게 할 수 없었다. 주인의 마음에 들도록 부지런히 일을 했고, 그나마 주인 집 딸은 소통이 되어 다행이었다.

그런데 일을 하는 과정에서 큰 사고가 발생하였다. 오른쪽 검지 첫 마디가 인쇄소에서 잘렸던 것이다. 사고로 오히려 진학의 꿈이 앞당겨져, 전문 의대 입학을 준비하실 수 있었다고 하셨다. 그러나 그 준비과정은 매우 힘들었다. 아버지는 키는 작지만 워낙 부지런하고 열심히 하기 때문에 주인이 내보내주지 않으려고 봉급 저금통도 주인 안채에 넣어 보관하였다고 하셨다. 이렇게 계속 있으면 미래가 힘들다 생각하고 주인 딸의 도움으로 저금통을 가지고 인쇄소를 나왔다. 그 밑천으로 전문 의대를 통과해서 들어가게 되었다고 하셨다. 아버지는 홀로 독학한 경우가 많았기 때문에 일본에서 무일푼으로 자라면서 선진문명에 대한 지식도 가지려 했고, 항상 학구열에 대한 열망은 꺼질 줄 몰랐던 것이다.

아버지는 이 시기에 만나지 못한 아버지를 찾아야겠다는 생각에 수소문하면서 할아버지를 찾았다. 다행히 할아버지는 한국 사람이 사는 곳에서 멀지 않은 곳에 살고 계셨다. 할아버지는 아버지가 한겨울에도 양말을 신지 못하고 공부하는 것을 보고 마음 아프게 여기셨다. 이때 아버지는 이제 고생을 덜해도 되겠다 생각하고, 할아버지 집으로 들어가 보호를 받고 학비를 받고자 도움을 청하고자 했으나, 이 길 또한 순탄하지 않았다. 그 당시 할아버지는 새로운 부인을 얻어 살고 계셨다. 새어머니는 반갑지도 않은 아들이 들어와 공부까지 하려는 것을 못마땅해 하시고, 아버지에게 돈을 벌어 오라고 하셨다. 젊은 아들이 돈을 벌어오지 않고 공부하는 것에 대해 새어머니는 이해를 못 했고 서로의 생각 또한 달랐다.

그래도 아버지는 꾸준히 공부를 하면서, 빈 창고를 빌어 닭을 키우며 학비를 벌었다. 어느 날 아버지는 볼일을 보고 집에 돌아오면서 새어머니가 아버지의 의서를 불에 태우고 있는 것을 보게되었다. 새어머니는 친아들도 아닌 아버지가 공부를 계속 하는 것을 참을 수 없었던 모양이다. 아버지는 황급히 의서를 챙겨, 타다 남은 의서를 정리하셨다. 그리고 이제 아버지의 집에서 같이 살 수가 없겠구나 하면서 실의에 빠지던 도중, 또 하나의 사고가 터졌다.

할아버지의 도움 없이, 학비를 벌기 위해 빈 창고를 빌려 닭을 키우던 곳에 화재가 나서 더이상 아버지는 학업을 계속 할 수가 없었던 것이다. 이때 타다 남은 아버지의 의서는 지금도 가보처럼 우리 집에 보관되어 있다. 이런 일들로 인해 아버지가 공부를 마치지 못하고 고향으로 돌아오는 계기가 되었다.

　이후 아버지는 어머니가 계신 고향에 돌아오셨다. 고달픈 타향보다는 고향에 가서 자구책을 마련해보려는 생각으로 제주도로 돌아오신 것이다. 그 뒤에 얼마 안 있어 할아버지도 일본서 들어오시게 되었는데, 새부인과 헤어지고 할아버지도 할머니 계신곳으로 돌아가 살림을 합치고, 아버지도 결혼을 하게 된다. 아버지는 일본에서 공부를 다 마치지 못하고 돌아와서 막막한 상태였지만 제주도에서 여러 가지 일을 하셨다. 항상 책을 놓지 않고 연구를 하셨다. 농촌지도소에도 잠시 근무를 하신 후에, 의학 계통에서 공부하다 온 것을 계기로 제주 도립병원에 X-ray 기사로 근무하게 되어 이로 인해 시내에 입성하게 되었다. 아버지는 자녀 6명에 할아버지 할머니를 부양하는 일을 하셨다. 오른손 검지 한마디가 없지만 연구나 일을 하는 데 아무런 지장이 없을 정도로 일에 몰입하셨고 많은 것을 일구었다. 아버지 형제가 아들 5형제인데 넷째인 아버지만 일찍 일본에서 공부를 하다 오셔서인지 가장 진취적이고 집안의 일을 이끌어 가셨다. 대부분 친인척들은 공부한 사람이 없었고 농사나 지으면서 살아가는 것이 전부였던 것이다. 그래서인지 항상 우리에게 아들딸 구분 없이, 돈이 없을 지라도 공부만큼은 꼭 시켜주겠다고 하셨다. 바쁘고 고달픈 삶일지언정 공부는 해야한다고 강조하셨던 것이다.

아버지는 고생하면서 살아서인지 불우한 이웃을 보면은 도와주시려는 마음이 크셨다. 신문값을 절대 미루지 못하게 하셨고, 아들 친구가 좋은 대학에 들어갔는데 학비를 내지 못할 때 입학금을 내주셨고 소소한 도움도 주셨다. 아버지가 너무 힘들게 공부를 하셨고 공부를 끝마치지 못하였기에 넉넉하지 못하지만 도움을 주려고 하였다. 지금도 마을에 가서 아버지 성함만 이야기하면 아픈 사람들을 위해 질병을 돌보아주셨다고 좋은 일 많이 하신 어른이라고 말씀하신다.

아버지가 도립병원 근무하실 때쯤 제주 4.3사건이 있을 무렵이다. 이 시기에는 마을마다 남정네들이 막무가내로 많이 죽임을 당하게 되었다. 아버지는 고향마을 어른들의 부탁을 받아 장정 여럿을 시내 우리집에 거주하도록 도와주셨다. 그러나 그때마다 시골로 양식을 구하러 내려가기가 힘들었다고 하셨다. 고향에는 할아버지가 농사를 짓고 아버지도 한 번씩 내려가서 농사를 지으면서 생활을 하셨는데 아버지는 병원에 가셔야 해서 어머니가 아기를 업고 가면서 암죽거리를 조금 들고 가다가 민간 초소에서 한라산에 숨어있는 공비를 주기 위해 가지고 가는 것으로 오인이 되어 총살형을 받을 뻔 하셨다. 몇 번이고 농사를 하러 가면서 아이를 주려고 미음 거리를 가지고 가는 것이라 설명을 하고서야 풀려날 수 있었다. 이렇게 쉽게 먹거리를 구할 수 없기 때문에 국을 끓일 채

소 무를 한번 끓이고 한쪽으로 모아 두었다가 다시 물을 부어 끓여야 할 정도로 빈곤하고 힘드셨다. 아버지를 도와 어머니 고생도 많았으며 이 시기에 제주도는 치안과 경제가 형편없어 주민들 고생과 희생이 많았다.

제주도는 민관군이 주민을 지켜주지 못하고 스스로 방어해야 하는 경우가 많았다. 어머니 말씀에 의하면, 농작물을 수확을 하기 위해 애기를 데리고 고향에 갔을 때 한라산에 숨어 있던 공비들이 저녁때 내려와 동네 주민들을 모두 데리고 최대한 한라산 가까이 잡아갔다가 아침이면 보내 주었다 한다. 한 번은 산에 끌려가서 동굴에 하루를 지내야 하는데 동네 사람들은 동굴 안으로 깊숙이 들어갔지만 어머니는 어린애기를 업고 동굴 입구에 있다가 아침에 빨리 나가려고 입구 쪽에 있다가 겨울이라 매서운 추위 때문에 몸서리를 치셨다고 하셨다. 외가는 바닷가 쪽이고 바로 산골 쪽으로 올라오면 아버지 고향이었다.

꿈을 따라 걷기

권양우

새로운 밀레니엄을 앞두고 세계가 떠들썩하던 2000년, 그러나 일상 속에서 나에게 가장 큰 사건은 친한 언니가 마흔 살이 되었다는 사실이었다. 당시 서른을 막 넘어서는 나에게 마흔 살이란 나이는 실감이 나지 않는 아주 먼 날의 일이었고 무언가 대단한 사건 같았다. 나와 몇몇 친구들은 그날 그 언니의 마흔 살을 위로하고 기념하고 축복한다며 모여 밤을 지새우고 새벽 동트는 시간에 콩나물국밥을 먹고 나서야 헤어졌다.

인생은 눈 깜짝할 사이라는 말이 맞는 듯하다. 그때 마흔이었던 언니는 지금 예순 살이 되었고, 서른을 갓 넘겼던 나는 벌써 쉰 살이 되었다. 지금 돌이켜 생각해 보면 사십은 오히려 젊은 나이로 보인다. 그런데 그때는 마흔이라는 나이가 왜 그리 커 보였을까. 육아와 가정을 위해 내 인생의 시간을 쏟아붓고 있었던 삼십 대의 나는 마흔쯤 되면 무언가 다른 내가 되어있기를 바랐던 것은 아니었을까. 그랬던 것 같다. 내가 나에 대해, 내 '자아'에 대한 각성이 생기기 시작한 것도, 이곳저곳 기웃거리며 내 자신을 찾아 나서기 시작하던 때가 바로 사십 대였다.

내가 관심을 두기 시작한 것은 '독서'와 '글쓰기', '시 창작'이었다. 모두 어릴 때부터 꿈꾸었던 일들이었다. 관심이 생기자 실제로 여러 강좌와 프로그램에 참여하기 시작했고, 아이들이 캐나다로 유학을 떠나고부터는 조금 더 자유로운 시간을 더 많이 갖게 되면서 점점 더 많이 집중해서 그 활동들에 참여할 수 있게 되었다. 그렇게 십여 년을 보내고 오십 대가 된 지금 내게는 세 가지 인생의 키워드가 생겼다. 첫째 '시 낭송(詩朗誦)', 둘째 '독서', 그리고 셋째 '걷기'이다. 사십 대 이후 나의 일상 습관으로 자리 잡은 이 세 가지는 이제 나의 삶과 계속 함께할 것이다.

시 낭송. 대학에서 국문학을 전공하고 언론사 쪽에서 일하고 싶은 꿈이 있어 교내 방송국 기자 경험을 했던 나에게 시 낭송은 정말 행운처럼 다가왔다. 2014년 우연히 포항시낭송협회 회원으로 있던 친구가 포항의 어느 한 수필가의 출판기념회에서 축시 낭송을 하는 것을 보게 된 것이었다. 호기심이 생겼다. 그때부터 전문 시 낭송가의 수업을 듣고, 포항시낭송협회에 가입해 매월 정기모임에서 시 낭송도 하는 등 적극적으로 활동에 참여했다. 회원들과 함께 공개 시 낭송 발표회를 개최하면서 무대 기획 연출과 진행을 하는 다양한 경험도 즐겁고 신나게 할 수 있었다. 낭송을 즐기기만 하는 것에서 나아가 시 낭송가, 낭송 예술 지도사라는 자격도 취득하면서 시 낭송 교육을 하는 기회도 조금씩 갖게 되었다. 이런 외부적인 모습과는 관계없이 시 낭송은 앞으로도 계속 내 삶의 향기를 더해 줄 것이다. 나는 지금도 항상 그날의 시 한 수를 낭송하는 것으로 아침을 시작하고 있다.

'독서'. 책을 읽고 나누는 일은 내 일상을 윤택하게 하는 또 하나의 즐거움이다. 본래 책 욕심은 많았다. 지금도 그렇다. 언제 어디서나 책을 손에서 놓지 않으려 노력한다. 책에 대한 관심은 나를 자연스럽게 독서토론 모임으로 이끌었다. 혼자 읽기보다 함께 읽으며 토론하는 낭독독서회를 통해 책을 같이 읽고 나누는 즐거움을 알아가고 있다. '데일카네기 포항CEO 독서클럽'과 '수요 낭독 독서회'는 그래서 내게 아주 소중한 모임이다.

마지막으로, '걷기'. 나이가 들어갈수록 정신과 신체의 조화와 건강의 소중함을 점점 더 깊이 깨닫는다. 건강한 신체에 건전한 정신. 건강을 잃으면 모든 것을 잃는다는 말은 자주 들었다. 그러나 시간과 돈을 들여 요가, 필라테스, 수영, 헬스 등 여러 운동을 해 보았지만 오래 지속하지 못했다. 그러다 몇 년 전부터 '걷기'를 시작하면서 이젠 하루 1만 보 걷기를 제법 꾸준히 하고 있다. 시간과 장소에 구애받지 않고 무조건 운동복 입고 운동화 신고 집 밖을 나서기만 하면 되는 걷기가 나에겐 최상의 운동인 듯하다. 작년에는 우연히 독서 모임에서 소개받은 '맨발 걷기'에 이끌려 지금까지 매일 꾸준히 해 오고 있다. 100일 정도 꾸준히 하면서 느낀, 땅과 내 몸이 직접 만나는 접지(接地, earthing)의 편안함은 걷기의 즐거움과 더불어 몸에도 좋은 변화를 주는 것 같다.

이 세 가지가 그런 것처럼 내가 어떤 의식과 목표를 가지고 꾸준히 해 온 것들은 결국 다 인연으로 이어지고 그것이 내 색깔과

향기가 되고 내 삶의 결이 됨을 느낀다. 사십 대를 지나며 이 세 가지 활동이 내게 찾아온 것이, 아니 내가 그것들의 가치를 찾을 수 있었던 것이 얼마나 감사한 일인지 모른다.

가끔 나는 아이들에게 이야기한다. 엄마는 아직도 자라는 중이라고. 어제보다 오늘, 오늘보다 내일은 좀 더 나아지려고 애쓰며 사는 사람이라고. 그래서 아직도 실수와 실패를 겪기도 하지만 그게 자연스러운 거라고. 우리 같이 자라자고. 지금 엄마는 내 시를 직접 낭송하는 시인, 작가인 낭송가가 되는 꿈을 꾸며 노력하고 있다고.

사십 대를 놀라워하던 내가 벌써 오십 대에 들어섰지만 이제 나는 안다. 나이는 물리적 시간이 아니라는 것을. 사무엘 울만이 78세에 쓴 시 「청춘」의 구절처럼 "청춘이란 인생의 어떤 한 시기가 아니라 마음가짐을 뜻"하는 것이며, 오늘 새벽 맨발 걷기 할 때 동행한 노래 가사처럼 인생에서 우리는 "늙어가는 것이 아니라 조금씩 익어가는" 것이란 것을. "낮에도 꿈을 꾸는 자는 시처럼 살게 된다"는 말을 믿으며 나는 오늘도 내 꿈을 따라 걸어간다. 내 육십 대와 칠십 대에도 반짝일 청춘을 향해.

코로나 휴가

김문수

코로나가 유행하자 여러 가지 이유로 회사에서 휴가를 많이 사용하라고 권장합니다. 예전에는 늦게까지 일하고, 휴일에도 출근하는 그런 사람이 필요하다고 했는데, 이제는 각 개인의 삶을 존중하고 충분한 휴식을 가지는 것이 바람직하다는 방향으로 변하고 있습니다.

친구들과 커피 한잔을 하며, 뭉텅이 휴가가 있다면 무엇을 할 것인가에 대하여 이야기를 합니다.

"글쎄? 지금도 시간은 많은데 마땅히 할 게 없다. 이제 무엇을 해도 별 재미를 느끼지 못한다."

"베란다의 푹신한 의자에 비스듬히 누워 따스한 햇볕을 바라보며, 눈이 부셔 재치기도 하고, 커피 한잔에 조용한 음악을 들으며, 봄날 강아지처럼 꾸벅꾸벅 졸면서 일주일쯤 보내고 싶어!"

"지구에서 가장 긴 안데스 산맥을 따라 걷고, 중국에서 유럽까지 실크로드를 걷고 싶어! 조만간 꼭 할 거야! 같이 갈래?"

"책을 한 권 쓰고 싶다. 어머니가 아줌마들과 한겨울 빨래터에서 재잘거리던 동네 사람들과 세상에 대해 나눈 이야기들이 시간이 지나니 모두 그렇게 되어 버렸다는 사실을 글로 쓰고 싶다."

"지금 이렇게 사는 게 너무 좋다. 마땅히 더 해야 할 것이 있어야 되는 거냐? 하고 싶은 게 있으면 그냥 하면 되지. 그냥 오늘처럼 매일 지내면 안 되는 거냐?"

추석이 있는 9월 말부터 10월 초까지 10일간 휴가가 시작되었습니다. 직장생활 30년 만에 처음으로 자유롭고 긴 휴가입니다. 고향에 있는 부모님 산소에는 보름 전에 다녀왔고, 형제들끼리 코로나 상황이니 각자 지내기로 하고, 타지에 사는 두 아들에게도 집에 오지 말고 조심해서 잘 지내라고 전화를 합니다.

마땅히 어디로 가기도 어렵고, 누구를 만나기도 모호한 상황에서 오직 아내와 단둘이서 단출하고 달콤하지만 자칫 살벌해질 수 있는 코로나 휴가를 시작합니다. 무엇을 할까 거창한 계획을 이야기하다가 그냥 평소대로 포항에서 지내기로 합니다.

아침에 늦잠을 자려고 하지만 수십 년간 단련된 생체시계는 그것을 단호히 거부합니다. 이른 아침에 책상에 앉아 몇 권(감시와 처벌, 세계를 뒤집은 판결 31, 지식인의 두 얼굴)의 책장을 넘기고, 나름 의미 있는 내용을 노트에 적어 봅니다. 인터넷 시대에 그냥 검색하면 나오는데 궁색 맞게 이게 무슨 짓이냐고 손발이 물어보면, 아둔해서 그런다고 머리가 답을 합니다.

책 속에 나오는 시대 상황, 인물, 삶, 사건, 죄, 심판, 처벌에 대한 장면을 떠올리며 감정이입을 해 봅니다. 사람에 의해 생겨난 무한히 잔인한 모습에 진저리를 쳐보기도 하고, 좋은 사회로 한 길음 나아가는 결정에 환호하기도 하고, 사람의 이중적인 모습에 나를 투영하며 반성해 보기도 합니다. 명분과 실용은 어느 시대, 누구에게나 공존하는 가치인데 때로는 명분이 지나쳐 실용을 무시하며 망가뜨리고, 어떤 때는 실용이 지나쳐 사람의 소중함을 잃어버립니다. 그 대가는 엄청나게 큽니다. 명분은 항상 그럴듯해서 실용을 이기는 것처럼 작용하지만 실용은 결국 그것을 허용하지 않습니다. 우리 사회가 첨예하게 대립하는 모습을 보면서 많은 기대와 그 이상의 걱정을 합니다. 역사적으로나 경험적으로 뒤처지는 것은 곤란하지만 창업보다 수성이 더 어려운 것이 아닌가 생각합니다.

아내와 경주 칠불암을 거쳐 고위산에 가기로 합니다. 따스한 가을 햇살 아래 한옥 담벼락을 따라 붉게 벌어진 석류에 감탄하며, 손바닥만 한 꽃송이의 코스모스와 예쁜 사진을 찍고, 투명한 물속에 사는 산천어를 따라가다 바위에 앉았습니다. 오랜만에 준비한 컵라면에 뜨거운 물을 붓고 기다리면서 라면 이야기를 합니다.

92년 11월 천성산 정상에서 버너와 코펠에 끓인 라면을 나눠주던, 꽃사슴과 같이 왕방울만한 눈과 아름다운 목소리를 가진 여인을 생각합니다. 작은 눈에 말을 어눌하게 하는 나에게 그녀는 두 번째 만남에도 이미 친숙한 여인인데, 나는 그녀에게 단 한마디 말도 붙이지 못하고, 그녀는 내게 전혀 관심이 없습니다. 그때의 라면만큼이나 약간 불은 컵라면은 여전히 맛이 있습니다. 지금은 그녀와 한집에 살고 있습니다.

쉬다가 다시 산행을 하려고 할 때 문제가 생겼습니다. 산에 간다면 당연히 정상에 가야 한다는 것이 내 생각이고, 남산에 간다고 했지 정상에 간다고 한 적이 없는데 돌 많고 가파른 정상으로 끌고 올라간다며 "당신은 매번 그렇다."고 말하는 아내는 원성으로 가득 차 있습니다. 우리는 매번 이렇게 부딪히며 살아갑니다.

아내의 친구가 경주에 멋진 한옥을 짓고 사는데 그곳에 놀러 갔습니다. 건강과 아이, 부동산과 주식에 대한 이야기를 하다가 정치로 옮겨 갑니다. 친한 친구일수록 정치와 종교 이야기는 하지 말라고 하지만, 서로에게 민감한 울퉁불퉁한 정치 이야기를 하며 옥타브를 높여 갑니다. 부인네들이 남자들은 쓸데없는 데 싸움을 하고 힘을 뺀다고 핀잔을 줍니다. 그 집 신랑은 악기를 잘 다룹니다. 기타를 치면서 노래를 부르라고 하는데, 음치인 내게 여간 고통이 아닙니다. 그래도 80년대 유행했던 김광석의 노래부터 부르면서 감미롭고 즐거운 분위기에 빠져듭니다. 부부끼리 스크린 골프를 치면서 칼국수 내기를 합니다. 할매촌두부에서 먹는 공짜 칼국수는 따스함이 가득해서 산해진미가 부럽지 않게 정말 맛있습니다.

저녁 8시에는 홈트레이닝의 프로그램에 따라 스쿼트, 푸시업, 복근, 관절 운동을 합니다. 이제 이 시간이 되면 몸이 왜 운동을 하지 않느냐고 말을 합니다. 어떤 것을 하든 한 달 동안 같은 시간에 같은 행동을 하면 자연스럽게 그것이 습관이 된다는 사실을 경험적으로 알고 있습니다. 두 달 전 큰아들이 소개해 준 앱인데, 코로나 시대에 인기가 많다고 합니다. 제대로 운동을 배워 본 적은 없지만, 모든 운동을 좋아하는 나에게 두 달 동안 경험한 홈트는 손색이 전혀 없는 훌륭한 친구로 자리를 잡아가고 있습니다. 운동 후에 과일을 먹으려고 냉장고 문을 여는데, 어김없이 "밤에 먹는 음식은 몸에 좋지 않다."는 아내의 목소리가 들립니다. 그렇지만 들은 체 만 체 사과와 감을 맛있게 먹습니다.

밤 10시가 되자 설경구 주연의 〈살인자의 기억법〉을 보기로 합니다. 치매에 걸린 노년의 살인청부업자 설경구가 자기 딸을 죽이려는 젊은 살인청부업자를 막아내는 내용입니다. 싸우는 장면에서는 눈을 동그랗게 뜨고 뚫어져라 화면을 바라보지만, 중요하지만 잔잔한 이야기들이 나오는 장면에서는 꾸벅꾸벅 좁니다. 졸려면 방에 들어가서 자라는 아내 말에 설경구가 지금 정상상태냐고 물으면서 침대로 들어갑니다.

코로나 휴가를 이렇게 지내고 나니, 몸과 마음이 뽀송뽀송해지고, 탄탄해지고, 아내가 따스해짐을 느낍니다. 코로나가 죽음을 매개로 세상을 바꿀 듯, 모든 것을 단절시킬 듯 요란을 떨지만, 결국 요 녀석은 선하지도 악하지도 않은, 조금 까다로운 단백질 덩어리일 뿐입니다. 삶에 강력한 변수가 추가되었지만, 그것은 코로나 휴가처럼 좋은 방향으로 역할을 할 거라는 확고한 믿음을 가져봅니다. 사람은 어떤 상황에서든 자신과 타인의 긍정적인 면을 바라보아야 하고, 그 속에서 따스함을 느끼며 즐겁고 치열하게 살고 볼 일입니다.

향기로 마음을 잇다

김미경

원룸 건물 주변 환경이 오롯이 봄이다. 화단에 여러 종류의 꽃들이 환하게 웃으며 나를 반기는 듯했다. 2층으로 가는 계단에도 벽면에는 노란 해바라기 꽃 그림과 고풍스러운 청동작품이 묘하게 조화를 이루며 눈길을 끌었다. 새 건물이지만 원룸 크기가 작게 설계된 것이 단점이라며 공인중개사가 다른 원룸을 보여주겠다고 한다. 남편과 나는 주변 환경이 맘에 들었고 공간이 좁아도 괜찮으니 이곳으로 결정하겠다고 말했다.

살고 있던 집수리를 위해 원룸으로 이사를 한 첫날이다. 대충 짐을 정리하고 불을 끄고 누웠는데 잠이 안 온다. 남편과 평소 멀찍이 떨어져서 자다가 어깨를 맞대고 자려니 불편했다. 그때 어디선가 익숙하고 좋은 향기가 솔솔 풍겨온다. 열린 창문으로 봄바람에 꽃향기가 들어오는 건가 생각했지만 아닌 것 같다. 눈을 감은 채 방 구조를 떠올려 향이 날 만한 것들을 찾았다. 머리맡 붙박이장 문고리에 걸어 둔 가운이다. 요양병원에서 근무하는 내가 출근해서 입으려고 걸어 둔 옷에서 향기가 나고 있었다.

향기를 타고 그리운 한 사람이 떠올랐다. 요양병원에서 알게된 그 분이 유일하게 스스로 할 수 있는 건 말을 하는 것뿐이다. 그 분의 정신은 맑고 명료했으되, 작은 침대에 누워 식사는 콧줄을 이용해서 했고 그 외에 모든 일상생활은 누군가의 도움을 받아야만 해

결이 가능했다. 왼쪽 뺨의 가려움조차 혼자 해결하지 못해 도움이 필요한, 사지를 본인의 의지로는 전혀 사용할 수 없는 모습으로 누워계셨다.

어느 날 조용한 시간이어서 어르신 침상 옆에 의자를 놓고 앉았다. 1층에서 2층 중환자실로 오신 지 얼마 안 되었으니 그저 인사나 할 생각이었다. 이런저런 대화를 나누는 중에 어르신의 꽃다운 젊은 날의 모습을 조금 알게 되었다.

여대를 졸업하고 바로 결혼을 했다고 한다. 직장을 다녀본 적은 없고 교회에서 아이들을 가르치는 주일학교 교사를 오래 했다고 했다. 어려운 환경 속에서 자란 아이들인데도 참 착했다고 했다. 아이들 얘기가 나오자 대화 시작 땐 담담하던 표정에서 미소가 살짝 보였다. 젊은 시절 좋았던 시간들을 고스란히 기억하고 있었다. 혹시나 건강했던 옛날 생각에 맘 우울해지실까봐 장난치듯 "저에게 기도해주세요."라고 말했다. 내 말이 끝나자 바로 눈을 감고 기도를 시작한다. 전혀 예상하지 못한 일이라 얼떨결에 어르신의 손을 잡고 나도 눈을 감았다. 당황스러움에 기도가 내 귀에 제대로 들리지 않았다. 기도가 끝난 후, 감사하다는 나의 인사에 돌아온 대답은

"미안해, 해줄 수 있는 게 이것밖에 없어서…."

이 느낌은 무엇일까, 가슴 깊은 곳에서 느껴지는 뭉클함으로 온몸이 저릿해짐을 느끼고 있었다. 이후 어르신과 나는 많은 대화를 나누며 마음을 주고받는 사이가 되었다. 친구들에게도 잘 하지 않는 남편과 아이들 흉도 본다. "많이 속상한데 어찌하면 좋지요?" 물으면 "기다려 줘. 걱정하지 마."라는 한마디면 그 말이 진정으로 위로가 되었다.

동정과 연민보다는 살아온 삶, 그 고운 심성 밑바탕에서 스며 나오는 느낌들에 점점 끌리고 있었다. 어르신은 늘 내 주변을 염려해 주었다. 출근해서 먼저 손을 잡고 인사를 하면 짧게라도 살아가는 데 있어 도움이 되는 얘기들을 해주었다. 병원 작은 침대라는 세상에 누워 내게 어떠한 삶을 살아야 하는지 길잡이가 되어 주었다. 사람이 힘든 처지에서도 누군가에게 위로가 되고 존경의 대상이 될 수 있다는 걸 알게 해 주었다. 그렇게 특별한 사이라고 생각했던 고마운 어르신에게 나는 미안한 행동을 했다. 내게서 어떠한 변화를 느꼈던 것일까. 어느 날 나를 보며 말했다.

"내게 이렇게 잘해주다가 날 두고 떠나면 어떡해."

그런 일 없을 거라며 나는 잘라 말했지만 하얀 거짓말이었다. 실은 그때 즈음에 개인 시정으로 병원을 옮기려고 준비 중이었던 것이다. 이직이 결정된 후 도저히 떠난다는 말을 할 자신이 없었다. 어르신과 각별하게 친하다는 것을 아는 동료들에게 어떻게 이별인사를 해야 할지 도움을 청했다. 모두가 말없이 떠나라고 했다. 남겨진 분이 맘에 상처를 받을 수 있다는 게 그 이유였다. 병원을 옮긴 후에 말없이 떠나 온 것이 항상 맘에 걸렸다. 벌써 일 년이 지났다. 새롭게 근무하는 병원에서 어르신들을 뵐 때면 더욱 생각이 많이 났다. 찾아가봐야지 하는 맘은 있었지만 선뜻 찾아가는 게 쉽지가 않았다.

이런저런 생각으로 밤늦게까지 뒤척이다가 겨우 잠이 들었나보다. 눈을 뜨니 밖이 훤했다. 아침을 거르고 출근을 했지만 일이 손에 잡히질 않았다. 퇴근해서 찾아뵈려고 마음먹으니 시간이 한없이 느리게 간다. 차를 타고 어르신이 계시는 병원에 도착하기까지 무슨 말부터 할까 거듭 생각을 했지만 갈피를 못 잡는다. 너무 늦지나 않았을까, 연세도 있으시고 시간이 오래 지났으니 나를 잊었을지도 몰라. '흠흠', 내 옷의 냄새를 맡아본다. 어르신은 이 향기를 기억하고 있을까.

한번은 향수를 사용하지 않던 내게 냄새가 좋다고 했다. "난 향수를 사용하지 않는데 무슨 냄새일까요?" 하면서 웃고 지나치려다가 생각해보니 꽃 향기가 나는 섬유린스였다. 일반세탁을 할 때는 잘 사용하지 않는데 병원가운을 세탁할 때는 조금씩 사용했다. 어르신에게서 향기가 좋다는 얘기를 들으니 괜스레 기분이 좋아져 이후부터는 모든 옷에 평소 용량보다 조금 더 많이 사용을 하곤 했다. 새로 가운을 입을 때는 일부러 어르신 얼굴 근처에 다가가 인사를 하면 빙그레 웃으며 냄새가 좋다는 말로 인사를 대신해주기도 했다.

　나를 한참 쳐다보다가 눈을 감는다. 의자를 당겨서 침대 옆에 앉아 가만 어르신의 손을 잡았다. 고요가 흘렀다. 한참 후 나를 기억하는지 물었다. 눈도 뜨지 않고 당연하다는 듯 안다고 대답하고선 조용하다. 차라리 말없이 그만 둔 나를 탓하기라도 하면 미안하다고 얘기라도 할 텐데 더 이상 아무런 말이 없다. 눈치를 보다가 예전에 했던 것처럼 폰에 담겨져 있는 어르신이 좋아하는 음악을 틀어놓고 표정을 살폈다. 쉽게 입이 떨어지지 않아 머뭇거리다가 말했다.

　　"보고 싶었어요."
　　"와줘서 고마워."

　서로 짧은 인사로 우리는 예전의 마음으로 돌아갔다. 내게서 좋은 향기가 난다며 당신에게서 냄새가 날까 염려를 하셨다. 손을 잡아줘서 고맙다는 말도 잊지 않았다. 늦은 시간이라 졸음이 오는 듯한 표정이지만 미소를 짓는다. 긴 시간을 함께 할 수 없어서 "또 올게요." 인사를 하고는 한 번 더 손을 꼭 잡아드렸다. 병원 문밖을 나서는데 그동안 내게 묵직함으로 함께 했던 미안함이 가벼워졌다는 걸 느낄 수 있었다. 눈언저리가 뜨끈해진다.

어떤 환경에서도 스스로를 빛나게 하는 모습은 하루이틀에 만들어진 것이 아니다. 어르신이 침대라는 작은 세상에서 생애 남은 시간을 채우고 있지만 그 모습에서 끌림을 느끼는 건 그동안 살아온 날들의 보이지 않는 결과물인 것이다. 나와 맺어진 인연은 그리 길지 않지만 존재 그 자체만으로도 내가 살아가야 할 때 꼭 필요한 방향지시등이 되어 반짝이고 있다.

날이 어둑해져 돌아오는 길에 밤하늘 고운 초승달이 웃고 있었다. 그녀가 웃고 있었다.

매일 아침 마음 방역

김현정

새벽 다섯 시 반, 아이 둘의 워킹맘인 내가 혼자만의 시간을 가지려고 잠을 줄여 일어나는 시간이다. 아직 달아나지 않은 잠을 쫓으려 물 한 잔을 마시고 책상 앞에 앉아 스탠드를 켜면 무대의 스포트라이트가 나만을 위해 비추듯 나의 공간이 밝혀지고 달콤한 시간은 시작된다. 동양 고전 필사,『논어』와 『도덕경』에서 한 구절을 하루에 하나씩 번갈아가며 적고, 내가 느낀 점을 그 아래 적는다. 글쓰기가 끝나면 자유롭게 독서로 이어지는 시간을 갖는다.

　　"엄마, 언제 일어났어?"

　　아이들이 깨는 순간, 달콤했던 나의 시간은 끝나버리고 만다. 최대한 조심히 나오지만 아이들은 엄마의 기척을 본능적으로 알아채고 이른 잠을 깨는 날이 종종 있다. 하지만 싫지 않다. 볼을 비비고 힘있게 안아주며 먼저 일어난 내가 따뜻한 아침 인사를 건넨다.

　　"잘 잤어? 엄마는 혼자 공부하고 있었지."

　　이렇게 시작하는 매일 아침, 아이들에게 어서 일어나라고 채근하거나 재촉할 필요가 없다. 내가 마음이 편하고 여유롭다 보니 아이들도 여유로워졌다. 나는 우리 가족의 아침을 이렇게 바꿨다.

　　'등원 중단', '집단 휴원', '호흡기 증상 발생 시 등원 불가'

　　맞벌이를 하는 우리 부부에게는 재앙과도 같은 말이었다. 두 달여를 등원하지 못했던 아이들이 가까스로 긴급 보육이 시작되면서 등원을 했지만, 기침을 하면 즉시 하원 통보를 받았다. 30분 내로 데려가 달라는 유치원의 통보를 받으면 직장에 발이 묶인 나는 발을 동동 구르며 애태우곤 했었다. 아이들이 콧물이라도 흘려대고 미열이라도 나는 날이면 아이들을 교육 시설에 보낼 수 없어서 직장에 양해를 구해야 했다. 남편도 상황은 마찬가지였다.

부부가 번갈아가며 연차를 쓰는 것도 한계에 다다르면서 친정 어머니와 이모의 손을 번갈아가며 빌리는 부탁을 해야 했다. 끝을 가늠할 수 없게 휴원이 길어지면서 집안 생활만 하며 답답해하는 아이들 걱정이 앞섰다. 그럼에도 출근을 해야 하는 나의 상황이 스스로 애처롭게 여겨졌다. 잠시라면 어떻게든 해결해 보겠지만, 하염없이 길어지는 사회적 거리두기로 인해 마음과 몸이 꽁꽁 묶인 듯한 하루가 계속되었다.

아무리 무서운 바이러스라 하더라도 나는 일상을 지속해야했다. 두 아이의 엄마, 직장에 소속된 사회인인 나는 바이러스를 두려워할 시간도, 무기력하게 슬퍼할 여유도 없었다. 그저 이 상황을 최대한 긍정적으로 받아들이려고 노력했다. 내가 아이를 낳기 전이었다면 지금의 태도와는 사뭇 달랐을 것이다. 아마 현재의 처지를 비관하면서 마음의 갈피를 잡지 못하고 무기력하게 하루를 보내는 날을 계속했었을 것 같다.

제한된 상황을 수긍하면서 현재의 생활을 좋은 방향으로 전환

시키고자 노력하는 마음 자세는 육아를 하면서 체득한 기술이었다. 출산을 하는 순간, 엄마라는 이름이 지어지고, 내가 제일 중요하게 생각했던 '나 자신'은 온데간데없이 사라졌다. 아이들을 위해 나의 존재가 박탈된 사람처럼, 자고 먹는 시간, 배변의 자유로운 시간까지 모두 침해당했다. 신체적으로는 아이를 출산한 엄마였지만, 정신적으로는 아직 엄마가 될 준비가 되지 않은 '2개의 나'가 나 자신을 괴롭고 우울하게 만들었다. 육아에 적극적으로 참여하고 나를 잘 챙겨 주던 남편도, 친구들도, 엄마도, 그 어떤 누구도 나를 위로해 줄 수는 없었다.

그렇게 우울의 터널을 지나던 어느 날이었다. 아이가 이유도 없이 보채기 시작했다. 너무 답답해서 집 앞 소아과에 달려가서 진료를 봤지만 의사 선생님은 특별한 이상이 없다고 말했다. 진료를 보고 나온 그 녀석은 언제 그랬냐는 듯이 방실방실 웃고 있었다. 아이를 보면서 나는 말할 수 없는 무언가가 터질 듯이 차오르는 것을 느꼈다. 예쁘게 방긋 웃는 아이를 보면서도 행복해 할 수가 없어서 마음이 괴로웠다. 이제 어떤 한계가 온 것 같았다. 시간 여유가 있으셨던 친정 엄마께 아이를 몇 시간 맡기고 밖으로 나왔다.

마침 서점에 들렀는데 눈이 가는 책 한 권이 있었다. 책을 빼내서 프롤로그만 읽었는데 가슴이 벅차오르며 눈물이 삐죽 새어나왔다. 책을 쓴 작가는 나의 제한된 상황을 자신의 언어로 풀어내

주고 있었다.

'그래 맞아, 너 많이 힘들지? 난 네가 왜 힘든지 알고 있어.'

책에서 내게 말을 걸어주고 있었다. 내 마음을 속속들이 아는 친구가 생긴 것 같았다. 책 속에서는 내 마음을 기막히게 알아주는 친구도, 엄마도, 아빠도, 선생님도 계셨다. 어디서든, 언제든 책만 쥐고 있다가 페이지를 펴면 나의 세상이 펼쳐졌다. 어딘가에 가야 하거나 누군가를 만나는 것이 필요하지 않았다. 엄마같이 보듬어 주는 공지영 작가님의 책을 읽고는 따뜻하고 뭉클한 위로를 얻고, 아빠같은 유시민 작가님의 책을 보며 묵직하고 진중한 위로를 받았다. 안개가 자욱해 앞이 보이지 않던 내 인생의 길이 조금은 희미하게나마 보이는 듯했다.

인생을 살면서 한 번도 겪어보지 않았던 신체와 마음의 제약이 어쩌면 나에게는 삶의 터닝 포인트였다. 무기력하게 당할 수는 없어서 제한된 나 자신 안에서 나를 이겨내 보는 법을 스스로 터득했다. 내가 아니면 나를 완벽하게 이해할 사람은 없었다. 그리고 나를 지키는 것이 다른 사람을 지키는 또 하나의 방법이라는 것을 알게 되었다.

코로나19가 닥쳐와 우리의 일상을 변화시키고 고립시켰다. 하지만 그러한 상황도 예외는 아니다. 나는 계속 살아가야만 한다. 나만 바라보는 아이들과 우리의 소중한 가정을 지키기 위해서 니는 튼튼해지기로 마음먹었다. 코로나 바이러스로 오갈 때가 없어진 나는 오히려 책을 읽으면서 더 단단해졌다.

아침잠이 많은 내가 사람이 없는 한산한 새벽에 일어나 상쾌한 공기를 마시며 달리기를 시작했다. 『논어』와 『도덕경』 필사를 하며 아침을 여는 습관도 들였다. 건강한 식단을 차리기 위해 노력하고, 비타민도 꼬박꼬박 챙겨서 먹기 시작했다. 사소하지만 단단한 나의 변화는 우리 가족의 아침을 온화하게 바꾸었다. 남편도 건강을 위해 뛰기 시작했고, 아이들은 유튜브나 티브이 대신 책을 가까이 하며 읽기 시작했다. 녹록지 않은 현실을 비관하지 않고 가족의 일상을 유연하게 변화시키기 위해서는 엄마인 나 자신의 역할이 중요하다는 것을 깨닫게 되었다.

자신감도 생겼다. 어떤 무언가가 닥쳐와 우리 가족을 힘들게 해도 훨씬 더 단단해진 내가 당당하게 맞아줄 것이고, 그 어려움도 또한 지나갈 것이라는 믿음을 갖게 됐다. 나도 모르게 어느새 마음의 면역이 단단하게 길러진 것이다. 어떤 시련이 닥친다고 해도 잠시 기우뚱거리기는 하겠지만 무너지지는 않을 것이고 또 잘 이겨낼 것이다.

하고 싶은 것은 많지만 이리저리 휩쓸려 다니느라 진중하지 못했고, 이성보다 감정에 휩쓸렸던 지난 날의 나에게 중심을 잡게 해주고 뿌리를 내릴 수 있게 해 준 것은 다름 아닌 가족이었다. 가족은 육아로 심신이 지쳐 있던 나 자신을 힘있게 붙잡아 준 고마운 존재였다. 그 때문에 나 자신의 정체성을 더욱 분명하게 인식할 수 있었다. 아이들을 내가 키웠다고 생각했지만, 실제로는 가족이 함께 있었기에 나 자신 또한 성장할 수 있었던 것이다.

내 안의 숲속 길

남이경

코로나 바이러스라는 놈은 우리네 마음속의 에너지 방향까지 바꿔 놓았다. 다양한 사람들이 오르내리는 지하철역, 열정의 학생들로 분주했던 개방적인 대학교 캠퍼스, 쇼핑하느라 붐볐던 백화점, 목이 터져라 춤추고 노래를 불렀던 노래방 등 수많은 사람들도 붐볐던 복잡한 도시의 모습은 조용한 듯하다. 마치 복잡했지만 찬란하고 익숙했던 도시에서 미지의 숲속으로 들어온 것처럼…. 이렇게 변화된 외부 환경은 사람들 마음속의 풍경까지 변화시켰다. 심리상담일을 해왔던 나는 사람들의 고민거리를 들으면서 이러한 변화를 쉽게 알아챌 수 있었다.

상담실 풍경이 달라졌다. 불과 1년 전까지만 해도 대학생들은 아침이면 공부를 하러 학교로 향했다. 그리고 점심을 먹으며 친구와 재잘거리고, 저녁이면 시끄러운 술집에서 파티를 하며 보내던 것이 일상이었다. 그런데 지금은 혼자 머무르는 시간이 많아졌다. 학생들은 온라인으로 수업을 듣거나 자취방에서 혼자 밥을 해먹거나 산책을 하며 보낸다고 했다. 상담을 하게 되면, 가장 먼저 마스크 너머로 그들의 눈빛을 보게 된다. 힘이 없어 보이고, 건조하고 쉽게 눈물에 잠기는 모습을 본다. 이전에는 인간관계에서 생기는 갈등을 많이 이야기하였다. 그런데 지금은 이유 없는 우울함과 불안함을 말한다. 그리고 미래를 생각하면 잘 살 수 없을 것 같은 두려움 등 왠지 모를 무기력을 느낀다고 한다.

밖을 향해 달려만 가던 것이 자신 내면으로 흐르고 있는 것이다. 화려하고 소음이 가득한 외부에서 벗어나 내 안의 방들로 옮겨 간 듯하다. 상담을 받았던 학생들은 마치 갈 길을 잃은 아이처럼, 어디로 가야 할지 잘 모르겠다고 말을 건네는 것 같다. 아마도 그 동안은 시선을 외부로 향해 살아왔을 것이다. 갑자기 내가 좋아했던 가수 자우림의 노래 〈길〉의 가사가 생각난다. 아무도 가르쳐 주지 않아 어느 길로 가야할지 방황하는 사람들의 모습을 그린 것을 기억한다. 그러나 나는 여기서 희망을 본다. 내면의 소리에 가만히 귀 기울여 보면 지금까지 보지 못했던 감정의 풍경을 보게 된다. 슬픔, 우울, 불안 등도 있지만 평화, 희망, 순수 등의 소리도 들린다. 동시에 미지의 숲속에서 아련했을 평온한 내안의 방들을 새롭게 발견할 수 있다. 나는 이 곳을 미지의 숲속 길이라고 불러보고 싶다.

사람들로부터 떨어져서 자신만의 숲속을 조용히 마주해 보는 것도 매우 의미 있는 일이다. 사람들은 매일 일상에서 수많은 사람들의 시선과 함께 살아간다. 자신이 원하고 바라는 것보다는 부모, 사회가 원하고 인정하는 가치의 흐름을 타며 살아간다. 이젠 밖으로만 향하던 마음을 나에 대해서 생각해 볼 여유를 가질 필요가 있다. 어쩌면 코로나 시대가 나 자신과 더욱 친해질 수 있는 기회를 줄 수 있다고 믿는다. 한 심리학자의 말이 생각난다. 행복한 삶이라 할지라도 어두운 시간과 슬픔의 시간이 있어야 삶의 균형이 잡힌다고 하였다. 즉 자기 자신의 감정을 탐색하고 만나고 이해할 수 있도록 자신과 친해지는 작업이 필요하다는 것이다. 새로운 불안감을 호소하는 마스크 너머의 학생들에게도 희망의 변화를 본다. 외부의 시선에서 잠시 벗어나 자신의 내면과 친해지려 노력하고 있음을 발견한다.

우리가 원하지는 않았으나, 코로나는 우리의 생활을 변화시켰고, 특히 마음의 흐름도 바꿔 놓았다. 그러나 자신과 친해질 수 있는 소중한 시간들이 생긴 것도 사실이다. 지금까지 복잡한 도시 속에 묻혀 다른 사람들과 함께 했다면, 이젠 사람들로부터 떨어져 자신만의 숲속을 여행하는 것도 나쁘지 않다고 생각한다. 불안, 외로움, 슬픔을 안으며 자기 자신과 솔직히 대화해 보는 것이다. 혼자 있는 시간이 많아진 요즈음 숨겨져 가려졌던 감정들이 드러나 당황할 수도 있다. 용기 있게 나의 감정과 만나 뒹굴다 보면 사랑과 평온이 찾아오는 것을 경험한다. 오늘도 나는 미지의 숲속 방으로 탐험의 여행을 떠날까 한다. 누가 알겠는가? 숲속에서 행복으로 가는 비밀의 호수를 만날는지….

핑계 많은 세상, 핑계 대며 삽시다!

박하서

"코로나! 코로나 때문에 미스터트롯을, 테스형을 만날 수 있었습니다. 코로나 땜에 나의 첫 번째 애마 자전거를 다시 만날 수 있었습니다. 코로나 땜시 컨택트가 그리워졌습니다. 코로나 덕분에 가족의 소중함을 알게 되었습니다. 코로나 덕에 핑계 댈 수 있었습니다. 핑계 많은 세상, 핑계 대며 삽시다. 모든 사물의 소리를 귀담아, 사람의 눈길과 손길로 눈치껏…"

―〈일상의 글쓰기〉 수업에서 쓴 필자의 자화상 시,

「코로나! 코로나 때문에」

어느 날 가족들과 함께 TV를 시청했다. 가요계의 불모지라고 여겨졌던 남자 트로트 무대에서 신인 가수들이 대거 발굴되었다. 코로나 때문에 지방 자치 단체의 행사가 연기 또는 취소된 것이 그 이유였다. 공연의 장(場)이 없어진 언택트 시대에 다수의 무명 가수들에게 무대를 만들어 준 모 방송사의 기획은 아주 성공적이었다고 생각한다. 코로나19에 지쳐가는 우리들의 일상에 위로를 건네 준 〈미스터트롯〉의 신화는 아직도 현재 진행형이다.

그래도 다소 부족한 듯 '고향으로 가는 배'를 타고 〈테스형!〉을 만났다. 노 개런티 조건으로 중간 광고 없이, 방송사의 편집 없이 그만의 무대로 14년 만에 브라운관에 나타난 노(老) 가수는 서양 철학자의 출발점인 소크라테스를 형님이라고 부르며 이 세상 어디에다 내놓아도 기죽지 않을 뽕짝(트로트)에 고대 그리스의 철학자를 소환해 버렸다. "아! 테스 형, 세상이 왜 이래… 먼저 가본 저 세상 어떤가요? 테스 형!"

어느덧 또 다시 겨울이 왔다. 코로나19에 쫓기다 보니 언제 왔는지도 모르게 이만큼 벌써 와버렸다. 코로나19가 가져온 뜻밖의 여백에서 그간 창고에 넣어 두었던 나의 애마 자전거를 다시 만날 수 있었다. 라이딩하며 느꼈던 차가운 바람에 이어 무더운 바람이 귓가에 스치는 과정을 거쳐 선선한 바람, 다시 차가운 바람이 귓불을 스치고 있다. 그간 라이딩을 하면서 내가 살고 있는 포항을, 경주를 다시 만나고 느끼고 있다.

(박하서, 〈자전거가 바라본 경주 그리고 포항 2020〉)

예전에는 라이딩을 같이 해야 좋았는데, 이번에는 혼자라도 괜찮다는 것을 알았다. 아무 생각없이 달리고 쉬다 보니 뜻밖의 세상도 만나고 자연의 소리도 만나고 있다. 보고 듣는 것만으로도 부족함이 없다. 코로나가 불러온 동네의 재발견, 자연의 재발견, 나의 재발견이다. 코로나19로 인해 시작된 사회적 '거리 두기'로 인해 우리 가족은 오히려 자연스레 '거리 완화'를 체험하게 되었다. 같이 밥 먹고 막걸리 마시고 안방 놀이를 하면서 가족이 함께 하는 가정의 소중함을 다시금 느끼고 있다. 코로나 덕분에 체험하게 된 가정의 재발견이다.

그럼에도 불구하고 코로나19는 이제 삶의 일부가 되어 버려서, 접촉하지 않는 '언택트'을 넘어 온라인에서 이루어지는 '온택트'가 대세가 되어 버렸다. 그래도 어쩐지 사람의 온기가 그리워진다. 시간이 지날수록 언택트가 지향해야 할 방향은 인간과의 단절이나 대체가 아니라 인간적 접촉을 보완하는 것이라는 생각이 든다. 진정한 공감대를 이끌어 내는 능력은 여전히 인간에게만 주어진 특권이다. 일상을 다시 뒤돌아 보면서 인간의 진심이 담긴 손길, 눈길이 더더욱 필요한 것은 아닌지 되묻게 된다.

예전에는 어떤 좋은 일이 생기기를 바랐다. 요즘은 하루에도 수차례 체온을 체크하면서 그저 아무 일도 없기만을 바라고 있다. 사회적 거리 두기, 사회적 거리 두기 하는데, 우리에게는 예전부터 이른바 '안전 거리'라는 것이 있었다. 건강한 인간관계를 지속하기 위해서 함께 지키고 존중해야 할 '배려의 거리'라고 할 수 있다. 안전한 운전을 하기 위해서 앞차와 거리를 유지하고, 어린 묘목을 심을 때 옆 나무와 일정 간격을 띄워서 함께 성장할 수 있도록 하는 등 다양한 안전 거리가 존재하고 있다. 문명사회가 발달하면서 그러한 안전 거리가 과연 잘 지켜져 오고 있었는지 사회적 거리 두기 캠페인이 벌어진 요즈음 오히려 돌아보아야 하지 않을까 싶다.

이제 우리는 마스크를 쓰지 않고서 바깥 생활을 하지 못하게 되었다. 마스크로 인해 예전에는 느끼지 못하던 여러 답답함을 느꼈다. 마스크가 품절되었을 때의 답답함, 마스크를 쓰고 생활하는 순간의 답답함, 그런데 마스크를 착용하지 않으면 생기는 또 다른 답답함이 내가 코로나 시대에 느끼게 된 다양한 답답함의 감정들이다. 집 문 밖을 나서는 순간 그 무엇보다 먼저 챙겨야 할 물건이 바로 마스크이다. 마스크는 음식을 먹을 때 말고는 반드시 착용해야 하는 생활 필수품이 되어 버렸다. 마스크 차림으로 이야기하다 보니 이전보다 훨씬 밀도 있는 대화를 하게 된다는 사실도 알게 되었다. 모든 사물의 소리를 귀담아 듣게 되면서 사람의 눈길, 손길도 새롭게 주목하게 되었다. 이제는 마스크 너머로 어떻게 하면 따뜻한 마음의 숨결을 전할 수 있을까 고민해야 할 때라고 생각한다.

과연 언제쯤 대면의 날이 올까? 대면과 달리 비대면의 관계는 예상치 못한 결과를 초래할 수도 있다. 절친한 친구와의 만남과 모임, 애경사 등에 코로나19를 핑계로 직접 참석하는 것을 자제하고 있다. 그렇지만 상대방이 이를 어떻게 받아들일까 생각하면 나 자신이 항상 불편한 마음을 갖게 된다. 아마 누군가의 마음속에 오해도 분명 있으리라. 대면의 날이 다시 왔을 때 얼굴을 마주하고 소주잔을 기울이며 마음속의 오해를 푸는 장면을 그려본다. 그때 나의 불편했던 마음도 함께 회복될 수 있으리라. 비록 오늘도 나는 일상에서 코로나 핑계를 대면서 지내고 있지만 말이다.

우리는 앞으로 코로나 전과 후를 어떻게 논할 수 있을까? 내 자전거의 두 바퀴가 여전히 굴러가듯, 인류의 과정이 끊임없이 진화해가듯, 기회는 위기를 통해 찾아오지 않을까? 전에는 모든 것을 함께 할 수 있어야 괜찮은 관계라고 생각했는데, 이제는 모든 것을 함께 하지 않아도 좋은 관계가 될 수 있다고 생각한다. 언젠가 자유로운 대면의 날이 왔을 때 서로의 관계를 어떠한 모습으로 시작해야 하는지 아직은 고민하지 말자. 지금은 그냥 핑계를 대며 여유롭게 살자.

마스크에 색깔이 들어가고, 디자인이 들어가고 있다. 그것도 모자라 나와 마스크의 연결끈이 생기고, 명품 마스크로까지 진화하고 있다. 그에 걸맞게 우리의 사회와 문화, 경제와 의식까지도 새롭게 변화해야 한다고 외치는 세상이 되었다. 이제 인간과 정이 들어 버린 마스크, 이 가려진 마스크 때문에 사람과 세상을 절반만 알고 이해하게 되는 것은 아닌지 두렵기도 하다. 하지만, 오늘은 이 차가운 바람과 싸늘한 기운에도 불구하고 마스크 덕분에 훈훈하고 따스하다. 또 핑계!

보이지 않는 습격

서동훈

텔레비전에서 코로나19 속보가 방송되고 있었다. 대구에서 연일 수십 명의 확진자가 발생하고 있다는 내용이다. 마스크를 쓴 사람들이 다들 걱정스러운 눈빛으로 텔레비전을 보았다. 핸드폰 시계를 확인하려는 순간 전화벨이 울렸다.

"선생님, 내일 대구로 차출되셨어요."

올 게 왔다. 친구들을 만난다는 설렘이 순간 사라졌다. 잠시 서성거리다가 승차권을 반환했다. 마음을 가라앉히고 친구들에게 전화를 걸었다. 걱정 어린 친구도 있고 용기를 주는 친구도 있었다. 집으로 발걸음을 돌릴 때, 갑작스레 출정하는 병사처럼 두려움이 밀려들었다.

다음 날 대구시청 상황실에 모였다. 코로나19 비상 대응 지원 인력 교육이 있었다. 공중보건의사들의 교육을 맡은 교수님이 주말이 고비라는 얘기를 하셨다. 최대한 빨리 사태가 진정될 수 있도록 도와달라는 말이 이어졌다. 내가 어떤 일을 할지도 모르기에 맡은 일을 잘할 수 있을까 하는 걱정이 앞섰다.

동구보건소로 배치되었다. 입구는 거대한 성벽 같은 천막으로 막혀 있었다. 구청 건물은 방호 진지 같았다. 한쪽 벽면에는 검체 채취를 위한 의료물품과 의료진 방호복, 고글, 장갑이 쌓여있었다. 시민들이 보낸 보양식, 생활용품 등 보급품도 방호 진지를 구축하는 힘이 되있다. 의료진, 진화로 상담하는 공무원. 보건소 안온 사람들로 분주했다. 바이러스의 침투를 막기 위해 가능한 자원을 모두 동원해 총력전을 벌이고 있었다. 월화수목금금금으로 쉬는 날 없이 야근하는 상황이었다.

내게 임무가 주어졌다. S교 신도들이 머무는 집에 가서 검체를 채취하는 일이었다. S교 전수조사를 위해 빼곡히 적혀있는 명단을 받아들었다. 감염이 의심되는 사람들을 조사해 추가적인 확진자가 나오지 않게 하는 것이 목적이었다. 운전사 한 명, 의사 한 명, 간호사 한 명이 팀을 이루었다.

첫 번째 아파트에 찾아갔다. 재난영화에 나올 법한 방호복을 입은 사람이 등장하자 사람들의 시선이 쏟아졌다. 시선을 피하기 위해 최대한 빠르게 계단으로 올라갔다. 집에 도착하니 30대 여성 환자에게 약간의 미열과 기침 증상이 있었다. 환자에겐 두 딸이 있었다. 딸들에게 별다른 증상은 없었지만 환자는 두 딸도 검사해주길 바랐다. 하지만 모두를 검사할 의료장비가 확보되지 않아, 양성 확진이 나온 경우만 가족을 검사할 수 있었다. 집안에서도 모두 마스크를 쓰고 최대한 신체 접촉을 자제해야 한다는 말밖에는 해줄 게 없었다.

두 번째 집엔 면역이 저하된 50대 여성 환자가 있었다. 남은 약이 3일치밖에 없었다. 음성 확진을 받으면 약을 타러 가고 싶다고 하였다. 가래가 목에 걸리긴 했으나 뱉지를 못해서 객담 검사는 할 수 없었다. 힘들게 가래가 끓는 모습을 보며, 코로나 때문에 필요한 약을 받지 못하는 일은 일어나지 않기를 간절히 바랐다.

한 집에 방문했을 때, 재채기를 못 참은 아저씨가 그만 내 얼굴에 재채기를 내뱉었다. 비말은 초당 100~200m의 속도로 내 얼굴을 향했다. 보통 기침이나 재채기 한 번에 3~4천 개의 비말이 튀어나온다고 한다. 마스크와 고글로 빈틈없이 무장하였지만, 내가 감염되는 건 아닌지 종일 불안했다.

사실, 대구에 오기 전에는 S교가 내심 미웠다. 바이러스를 퍼트리고 방역에 협조하지 않아 전 국민에게 민폐를 끼치기 때문이었다. 하지만 한 사람 한 사람 만나보니 그들도 일반 환자와 다르지 않았다. 두려움에 떨고 있었고 의사의 말에 고분고분 따랐다. 그렇게 환자라고 여기니 내가 할 일이 무엇인지 더욱 분명해졌다.

늦은 저녁, 보건소 직원들과 갈비탕으로 허기를 채웠다. 수고했다는 말과 함께 다들 말없이 숟가락을 들었다. 맛을 느낄 새도 없이 입안으로 음식을 꾸역꾸역 욱여넣었다. 어떤 사람은 입맛이 없다며 찬물만 연거푸 들이켰다. 숙소로 가서 침대에 누우니 발이 퉁퉁 부은 것 같았다. 천근만근 몸을 일으켜 대충 씻고 잠에 빠져들었다.

다음 날, 공무원들의 수난이 눈에 들어왔다. 그들은 문을 두드리며 나는 왜 검사를 안 해주냐고 띠지는 사람들과 종일 실랑이를 벌였다. 하루에 날아드는 수백 통의 전화, 쏟아지는 불만과 욕을 친절하게 다 받아내야 했다. 그들은 자신을 욕받이라고 푸념했다. 모두 신경이 예민해져 동료들도 말을 조심했다. 억눌려 있는 스트레스가 터져 눈물을 흘리는 사람도 있었다.

어른보다 아이를 검사할 때가 힘들다. 아이는 싫다고 발버둥을 치기 때문이다. 혹시라도 다칠까 봐 엄마가 아기를 안고 검사에 임한다. 겨우 어르고 달래 검사가 끝났다. 만약 아기만 양성이고 자기는 음성이면 어떻게 자신이 아이를 돌볼 수 있냐고 엄마가 걱정했다. 아이의 엄마는 우는 아이를 자신의 가슴 품으로 가만히 끌어안았다.

날이 조금씩 풀리고 기온이 올랐다. 마냥 좋아할 수 없었다. 겹겹이 방호복을 입어 의료진들은 땀에 흠뻑 젖었다. 두꺼운 마스크를 종일 쓰고 있으면 귀와 볼에 붉은 흔적이 남았다. 바이러스와 싸우면서 육체적, 정신적 고통과도 싸워야 했다. 피로가 극에 달해 이동하는 차 안에서 잠깐 눈을 붙였다. 이 싸움이 언제 끝날까, 복무가 끝나면 돌아가지만 일상에서 또 싸워야 한다.

보름 근무가 끝났다. 그동안 고생했다며 보건소 측에서 작은 선물을 주었다. 보름간의 짧지만 치열했던 전투를 통해 전우애를 느꼈다. 서로 하고 싶은 말이 많았지만 밀려오는 환자를 보곤 긱자 자신의 전쟁터로 향했다. 내 자리를 대신 맡을 새로 차출된 의사에게 인수인계를 마치고 집으로 가는 차에 올라탔다. 아직 전쟁은 끝나지 않았기 때문에 쉽사리 발걸음이 떨어지지 않았다.

이제는 내가 자가 격리에 들어가야 했다. 최대한 사람들과의 접촉을 피하고 집 안에서도 마스크를 쓰며 생활했다. 자가 격리 내내 아침에 일어나면 뉴스를 확인했다. 다행히 대구 확진자 수의 증가세가 진정되는 국면에 들었다. 최전선에서는 벗어났지만 앞으로 벌어질 일이 걱정되었다.

인간은 생태계의 최강자이다. 하지만 바이러스는 한 발의 총성도 없이 인간을 공격한다. 바이러스는 인간 몸속에서 자신을 복제하고 다른 인간에게 옮겨가며 자신의 세를 넓힌다. 사스, 신종플루, 메르스, 지금의 코로나19의 습격까지. 바이러스와의 싸움은 끝나지 않을 것이다.

많은 사람을 만나면서 내가 본 것이 있다. 현장에서 사투를 벌이는 의사, 공무원, 자원봉사자들 그리고 바이러스에 감염된 환자들, 누구도 절망을 말하지 않았다. 졸음이 쏟아져도 땀으로 범벅이 되어도 일에 지쳐 녹초가 되어도 하나 같이 이긴다는 의지가 있었다.

나는 이번에 희망의 힘을 보았다. 이 싸움을 이겨내면서 터득한 지혜는 다음에 더 센 녀석을 이겨낼 무기가 될 것이라고 믿는다.

어찌 사랑스럽지 않을 수 있으랴

안기숙

나도 모르게 무언가에 이끌려 현실의 상황과는 다른 어떤 세계, 즉 사차원의 공간 같은 곳으로 떠나 본다면 이런 느낌을 가져볼 수 있지 않을까 생각해 본다. 신비롭고 아련하며 감각이나 감흥도 상실해 버린 채 어느 때보다 차분히 가슴 한편의 불안정한 감성들이 제자리를 찾아 흩어지면서 비로소 해답을 마주한 듯한 담담하고 초연한 내면의 풍경 말이다. 자연의 이곳저곳 모습이 10여 년 전 의사 선생님으로부터 병명을 진단받던 그날의 나와 닮아 있는 듯하다. 그맘때 나는 물 한 모금도 넘길 수 없는 죽은 나무와도 같았다. 하지만 무엇인가가 눈을 가리고 감각을 마비시키는 듯 하여도 잠시만 정신을 기다듬어 보면 혼란스러움도 리듬에 맞춰 흘러가고 만다.

　　이 코로나 팬데믹 상황이 빨리 지나가기를 고대한다. 너무 열심히 달려온 결과인 듯한데, 얼마나 더 달려가야만 하는 것인가. 달려가기보다 지금의 상황을 찬찬히 둘러보며 점검해 보는 것은 어떨까. 가끔씩 마스크로 무장하고 만나는 독서회 모임이 나의 탈출구다. 가족과 지인들과의 토론도 진지하다. 서로 이구동성으로 "맞아요, 맞아. 너무 빨리 달려 왔어요. 내 발에 내가 걸려 넘어진 셈이지요. 넘어진 김에 쉬어 간다고, 한번 주위를 돌아 볼 필요가 있어요. 일상이 신(神)의 영역이라고 했는데, 그 말이 이제 실감납니다."라고 말하며 눈가에 함박웃음을 쏟아 놓는다. 모두들 스스로의 과실을 흔쾌히 시인한다. 이만하면 물리적으로나 의식적으로 또는 문화콘텐츠적으로도 세계가 닮고 싶은 코리아의 모습이 아닐까.

하지만 자연의 훈육은 엄격하다. 천진난만하게 고통을 받아 들이고 천연덕스럽게 가슴을 쓸어안으면서 어디를 도려내야 하는 것인지, 아니면 함께 보듬어 안고 가야 하는 것인지 분별할 줄 모르는 나약한 인간을 너무도 사랑하는 대자연은 궁극에는 이런 공백의 시련을 선사해 주었다. 누군가에게는 아주 빠른 시간이고, 또 누군가에게는 제 자리를 맴도는 것만 같은 시간이다. 과연 무엇이 바른 길이라고 말할 수 있을까?

우리는 이제 반대편도 볼 줄 알게 되었다. 서로에 대해 반문하기보다 각자의 내면과 소통하는 길을 찾으면서 이웃과의 마음을 잇는 통로를 찾아 나선다. 소통의 길을 찾기 위해 끊임없이 물음표를 지니고 살아간다. 표정을 느낄 수 없는 마스크를 낀 사람들과의 '거리 두기'가 이제는 일상이 되어 버렸다. 여러 불편함을 감수하면서 살아가야 하는 코로나의 시간에서, 전진만이 최상일까? 아니면 일보 후퇴는 어떨까?

그럼에도 미래의 페이지를 상상 속에서 펼쳐 보면 참 아름답다. 나도 모르게 미소가 번진다. 백 년 후, 천 년 후에도 여전히 좌충우돌하며 이웃 행성의 주민과 만찬을 나누고, 불가능이란 있을 수 없다며 유쾌하게 『돈키호테』를 읽고 『변신 이야기』의 책장을 넘길 것이다. 아름다운 고난을 만나더라도 다시 하늘로 날아오르는 '바이킹(Viking)'을 탈 것이다. 그날에도 역시 삶의 여정에서 만나고 스치는 이 모든 것들이 어찌 사랑스럽지 않을 수 있으랴.

좋아, 그래도 기쁨에 모험을 걸자!

이영미

루이스 글릭의 「눈풀꽃(snowdrops)」

오랜만에 미국 뉴헤븐(Newheaven)에 사는 친구가 안부와 함께 시(詩) 한 편을 보내왔다. 올해 노벨문학상을 수상한 루이스 글릭(Louise Gluck)의 「눈풀꽃(snowdrops)」이다. 특별히 이 시의 끝부분에 더욱 공감이 가서 적어본다.

"… afraid, yes, but among
you again crying yes risk joy
in the raw wind of the new
world"

"지금 두려운가, 그렇다.
하지만 당신과 더불어 다시
외친다. 좋아, 기쁨에 모험을
걸자. 새로운 세상의 살을 에
는 바람 속에서"

때마침 코로나로 잔뜩 얼어붙은 내 마음에 힘들어도 이 위기를 이겨낼 수 있다는 희망과 용기를 불어 넣어주는 느낌이 들어 더욱 공감이 가는 시다.

나의 포항 생활과 코로나19의 태생적 유사성

언제부턴가 서울에 가면 친구들은 농담 삼아 나를 '영일만 친구', 또는 '포항댁'이라고 부른다. 포스텍(POSTECH)의 개교 멤버인 남편을 따라 포항으로 와서 그 이듬해에 딸의 돌잔치를 이곳에서 했고 이후 여기서 태어난 아들의 나이는 벌써 이곳에 처음 왔을 때의 아빠 나이를 훌쩍 넘어섰으니 말이다. 서울에서 내려와서 아는 사람이나 친구가 한 명도 없는 이곳에서 내가 정을 붙이고 살기에는 포항은 많이 낯설고 힘든 곳이었다. 예나 지금이나 워커홀릭(workaholic)인 남편을 둔 내가 요즘 유행하는 말로 '독박 육아'를 하며 전업주부로서 살아가기란 결코 녹록지 않았다. 어느 날은 우는 아기를 안고 나도 함께 울었던 기억이 난다.

이렇듯 포항으로 내려오게된 것이 나의 자의가 아니었지만 살아남기 위해선 적응해야만 했던 것처럼, 코로나19와 나의 포항 생활은 태생적으로 유사성이 있는 것 같은 생각이 들었다.

포항에서 뒤늦게 교직에 입문하다

아들이 돌이 되던 해에 우연히 신문에 실린 중등 교사 모집 공채 공고를 보고 지원해서 운이 좋게도 합격했다. 사범대학을 졸업했지만 결혼 전에는 대학 시절 학보사 기자를 했던 경험을 살려 정부 산하의 연구소에서 여성들의 인권 향상을 위한 일을 했었다. 그런데 마침내 포항에서 전공에 맞는 교사의 길에 발을 내딛기 시작한 것이다.

단조로운 이곳 생활에 변화를 주어 보고도 싶었고 자아실현에 대한 미련도 버릴 수 없어서 남들보다 늦게 교직을 시작했다. 그러나 가정과 직장을 병행하는 것은 예상보다 만만치 않았다. 그래도 다행이었던 것은 지금은 돌아가신 아이들의 외증조할머니께서 서울에서 내려오셔서 바쁜 손녀딸인 나를 도와주셨기에 모든 것이 가능했었던 것 같다. 그렇게 시작한 교직생활이었지만 당시 포항은 고교입시가 남아 있어서 중3 담임을 맡았을 때는 야간 자율학습까지 지도해야만 했었다. 하루 일과 중 내 자식들보다 가르치는 학생들을 더 오랜 시간 봐야하는 경우도 많아서 견디어 내기가 만만치는 않았다.

그래도 1996년부터 2년간 남편의 안식년 휴가를 따라간 미국 메릴랜드의 주립대학에서 영어교수법에 관한 석사학위를 취득하는 등 영어교사로서의 자질을 향상시키며 교직에 대한 열정이 식지 않도록 꾸준히 최선의 노력을 기울였다. 그 결과 다시 돌아와 열심히 학생들을 가르치고 지도하니 학생들과 학부형들에게 꽤 인기도 있었고, 매해 동료 교사들이 투표로 선발하는 모범교사상 수상의 기쁨도 맛보았다. 또한 졸업 후 각자의 길에서 발전해 가는 제자들을 보며 '청출어람'의 보람도 느낄 수 있었다.

28년 간의 근속, 그리고 과감한 명예퇴직

2019년에 딸은 서울에서 의전을 마치고 인턴과정을 시작하였고, 아들은 2년 간 영국으로 파견 발령을 받아 3월에 떠나야 했다. 그즈음 나는 명예퇴직과 정년퇴직을 고민해오다가 2019년 2월에 과감하게 명예퇴직을 하기로 결정을 했다.

이제 몇 년 내로 딸과 아들이 각자의 배우자를 만나 결혼을 하게 되면 성장 과정 내내 바쁜 엄마로서 더 많이 보살펴 주지 못한 미안함에 대해 보상을 해 줄 기회가 더이상 없을 것 같다는 생각이 들었기 때문이다. 물론 아이들은 자기들로 인해 엄마가 정년까지 가지 않고 명예퇴직을 하는 것에 대해 찬성하지 않았지만 나의 의지를 꺾을 수는 없었다. 그래서 작년에는 수시로 서울에 올라가 인턴생활을 하느라 바쁜 딸을 도와주었고, 4번이나 영국을 오가며 아들에게 그동안 못 다한 엄마 역할을 충실히 하고자 최선을 다해 노력했다.

코로나19 시대의 신종 이산가족

그런데 코로나19가 발생한 올 2월 이후에는 딸은 본인이 의료인이라 감염의 우려가 있다고 자기가 먼저 엄마를 만나는 빈도를 최소한으로 줄여버렸고, 아들은 내가 올해 2월 초에 영국을 다녀온 이후로 지금까지 9개월이 넘도록 만나지 못하고 있다. 주변에선 이런 우리 가족의 형태를 코로나 시대의 신종 이산가족이라고 명명해준 이도 있었다.

최근에는 더 속상한 일도 있었다. 원래 아들이 11월 20일경에 코로나로 인해 올해 못 쓴 휴가를 내고 한국으로 와서 연말까지 있다가 영국으로 돌아갈 예정이었다. 그런데 오늘 새벽에 온 카톡을 보니 영국에서 코로나 감염자가 크게 급증하여 12월 초까지 이동제한령(lockdown)이 내려져서 올 수 있을지가 불분명하다는 내용이 담겨져 있었다. 아들의 실망감도 충분히 가늠이 되고 나 역시도 아들을 만난다는 기대에 잔뜩 부풀어 있었기에 쉽게 다시 잠을 이룰 수가 없었다. 자식들이 부모의 곁을 떠나 새로운 가정을 꾸미기 전에 엄마의 역할에 좀더 충실해보고자 학교에서 명예퇴직도 했는데 얼마 지나지 않아서 코로나 사태가 발생했기 때문에 처음에는 너무 속상한 나머지 소위 '코로나 블루'도 겪었었다.

코로나19로 더욱 단단해진 가족 간의 사랑

많은 사람들이 세상을 코로나 이전과 이후로 나누며 코로나 백신이 생산되더라도 인류는 결코 코로나 이전으로 돌아갈 수는 없을 것이라고 한다. 나도 이 말에 전적으로 동의하지만 유일하게 변하지 않을 것은 '가족의 소중함'이라고 생각한다.

내가 병원에 근무하는 딸이 걱정되고 마음이 쓰여서 항상 건강과 위생, 그리고 안전하게 지내라는 카톡을 보내면 딸은 그 바쁜 중에도 부모인 우리를 더 염려하는 감동적인 메시지를 보내오곤 한다. 아들은 원래 무뚝뚝한 성격인에다 경상도 상남자인 아빠를 닮아서 표현력이 없는데 멀리 해외에서 떨어져 지내며 고생을 해보더니 이젠 제법 철이 들어가는 느낌이 든다. 한국에선 밥도 한번 해본 적이 없었는데, 지난번 영국에서 이동제한령이 처음으로 내려졌을 때 제대로 식사를 해결하는지 염려가 돼서 연락을 하면, 나름대로 잘 지내고 있다고 하며 본인이 만든 음식도 찍어서 보내고 때론 한국 음식 레시피를 물어오기도 했다. 그러면서 멀리 해외에 나가 2년 가까이 생활을 해보니까 그동안 한국에서 자기가 얼마나 편하게 살아왔는지 깨닫게 되었다고 한다. 그래서인지 요즘에는 부모의 사랑과 은혜에 대해 감사하다는 글을 종종 보내와 가슴을 뭉클하게 만들기도 한다.

코로나19로 인해 생성된 긍정의 항체

세상사가 모두 그렇듯 코로나가 누구에게는 위기를, 또 누구에게는 기회를 주는 양면성이 있다고 생각한다. 나도 처음에는 코로나로 인해 자식들이 둘 다 다른 사람들보다 힘든 일을 겪고 있고, 위험에 노출될 가능성도 더 큰 위기라고만 생각이 돼서 몹시 속상했었다. 하지만 우리 가족이 떨어져 지내는 시간이 길어질수록 서로의 존재 가치를 절실하게 느끼게 돼서인지 오히려 이제는 서로 더 사랑으로 단단하게 결속하게 된 전화위복의 기회가 되었다는 생각이 들었다. 아마도 코로나19를 겪으면서 내게 이전보다 더 많은 긍정의 항체가 생성된 느낌이다

내년 봄, 2년간의 해외 파견 근무를 마치고 돌아올 아들과의 해후가 벌써부터 기다려진다. 문득 '희망과 위안'의 꽃말을 지닌 '눈풀꽃(snowdrops)'의 이미지에 사랑하는 아들의 모습이 오버랩(overlap)된다.

내 인생 마지막 날

이종수

가슴이 뛴다.

회사에 출근을 해야 할지 고민이 되며 머리가 아파왔다. 8월 말 무더운 여름이었지만 새벽에 시작된 발열로 온몸이 뜨거워져 잠에서 깼다. '헛기침만 하더라도 주변 사람들의 시선을 한 번에 받는 코로나 시대에 감기라니…' 푹 자고 일어나야겠다는 생각에 이불을 머리 위까지 덮고 다시 잠자리에 들었다.

30분 후쯤 다시 잠에서 깼는데 온몸이 떨려오며 머리가 깨질 듯 아팠다. 그리고 속이 안 좋아 화장실에 다녀왔다. 감기 기운 때문인지 쉽게 잠이 오지 않아 휴대폰을 봤다. 평소 실시간 인기 검색어를 찾아보며 세상이 어떻게 돌아가는지 살피는데 인터넷에는 대부분 코로나에 관련된 내용뿐이었다.

'열이 나며 몸이 떨리고 두통이 심한데 코로나는 아니겠지?' 혼자 머릿속으로 생각하며 인터넷에 코로나 증상을 검색해봤다. 어느 블로그를 보니 코로나 바이러스 증상은 감기와 비슷한데 마지막에 설사를 한다는 내용이 있었다. 내가 겪는 증상과 비슷하다는 생각에 겁이 나서 안전 안내 문자와 포항시청 홈페이지에 접속하여 코로나 확진자 이동 경로를 확인했다. 다행히 겹치는 동선은 없었다. 찜찜한 기분이 남았지만, 출근을 위해 다시 눈을 감았다. 그러나 몇 번을 더 자다 깨기를 반복하며 화장실에 갔다.

해가 뜨고 아침이 찾아왔는데 몸 상태가 좋지 않다. 피곤한 몸을 이끌고 출근 준비를 했지만 발걸음이 쉽게 떨어지지 않는다. '코로나는 아니겠지? 보건소에 전화해 봐야 하나?' 여름철 더위로 덴탈 마스크를 사용했는데 이날은 KF94 두꺼운 마스크를 착용하고 출근을 했다.

출근해서 선배에게 몸 상태를 이야기하고 가까운 병원에 가보겠다고 하니 시기가 시기인 만큼 "너 혹시 코로나는 아니지?" 농담스럽게 이야기를 하며 2m 사회적 거리를 둔다며 뒷걸음질 친다. 직장에서 차로 5분 정도 거리의 병원이었지만 가는 내내 머릿속이 복잡해지며 '혹시 코로나 바이러스에 걸려서 죽는 건 아니겠지?'라는 생각까지 들었다.

병원 진료실에 들어가 의사 선생님에게 현재 증상을 이야기했다.

"새벽부터 갑자기 열이 나면서 온몸이 떨리고 머리도 깨질 듯 아프고 설사를 계속하고 있어요. 코로나에 감염되면 설사를 한다고 하던데…."

40대 중후반 정도로 보이는 의사 선생님이 한마디 하였다.

"혹시 기침하시나요?"

"아니요. 기침은 안 나던데요."

생각해 보니 열이 나고 몸이 떨렸지만, 기침을 하지 않았다.

내가 너무 걱정스러운 표정과 목소리로 이야기해서 그런지 의

사 선생님은 청진기를 배에 갔다 대고 미소를 띠며 말했다.

"장염에 걸리신 것 같네요. 걱정하지 않아도 돼요. 장염이 심하면 열이 나고 온몸이 떨리기도 합니다. 약 먹고 몸 관리하면 괜찮아질 거예요."

전날 아는 동생하고 오후 4시쯤 무한리필 양념갈비집에서 늦은 점심 겸 저녁을 먹었다. 무한리필 가게여서 본전을 뽑는다는 생각에 열심히 먹었는데 양념이 된 고기여서 제대로 구워졌는지 확인을 못 하고 먹었던 게 문제였던 것 같다.

아직 약을 먹지 않았는데 병원을 나오니 신기하게도 마음이 편안해지며 열이 내려간 것 같았다.

코로나 바이러스로 인해 생활 패턴이 바뀌며 사람들의 불안과 스트레스는 점점 쌓여 가는 것 같다. 사람을 상대하는 서비스업종에 있다 보니 그 점이 확실히 체감된다. 나 역시 평소 같으면 감기나 장염이라고 단순히 생각했을 증상인데 대중매체나 어디를 보더라도 항상 코로나에 대한 이야기를 하니 지레 걱정했던 것이다.

그날 새벽부터 회사에 출근해 병원에 가기 전까지 무수히 많은 상상을 했다. 어쩌면 내 인생에 마지막 날이 올 수도 있겠다는 걱정까지 하게 되었다. 단순한 에피소드로 끝났지만 코로나 바이러스로 인해 언젠가는 찾아올 내 인생 마지막 날에 대해 생각해 보게 되었다.

세월이 지날수록 새로운 것에 도전하기보다는 안정을 추구하고, 꿈을 향해 가기보다는 현실과 타협하며 살게 된다. '나이가 들면 어쩔 수 없지.'라고 합리화했던 내 삶을 반성하며 후회 없는 삶을 살겠다고 다시 한번 다짐해 본다.

코로나 때문에 헤어지는 건가요?

장호근

여기 '있기' 괴롭다.

누구나 살면서 자주 이런 생각을 해 본다. 이유는 제각각이다. 단순히 그곳에 너무 덥게 '있기' 때문이거나 너무 춥게 '있기' 때문에 그럴 수 있고, 혼자 '있기' 때문이거나 함께 '있기' 때문에 그럴 수도 있다. 최근에는 '있기'가 괴로운 까닭이 자연 환경에서 비롯되기보다는 인간관계에서 비롯되는 경우가 많다. 한 임상심리학자가 말하는 '있기'를 들어보자.

> 환경에 내 몸을 맡길 수 없을 때 우리는 무언가를 '하려고' 하며 가짜 자기를 만들어 내고, 어떻게든 그곳에 '있으려고' 노력한다. 살아남으려고 한다. 누군가에게 혹은 무언가에 온전히 기댈 때, 의존할 때는 '진정한 자신'으로 있고, 그럴 수 없어지면 '가짜 자기'를 만들어낸다. 그래서 '있기'가 괴로워지면 '하기'를 시작한다.
>
> ─도하타 가이토, 『매일 의존하며 살아갑니다』

낮 기온이 40도 넘게 올라가는 한 여름에는 에어컨이 있는 곳을 찾아 돌아다니고, 미혼인 채 명절에 친척을 만나면 이 방 저 방 피해 돌아다닌다. 다 어떻게든 자기 나름의 방법을 찾아 '있으려고' 하는 노력이다. 그런데 2020년은 어쩌면 이번 세기 중 가장 '있기'

불안한 해로 기록될 것이다. 2019년 시작된 코로나 바이러스가 2020년 세계적으로 대유행하면서 사람들의 일상은 바이러스 이전과 이후로 확연히 나뉘어졌다. 접촉에 의한 감염이 쉽게 이루어지고 여전히 치료제는 없으며, 높은 치명률을 나타내는 전염병은 사람들을 코로나 이전과는 다른 세계로 이끌고 있다.

코로나바이러스가 확산된 초기에는 코로나 블루라 불리는 우울감과 불안감이 많이 얘기됐었다. 갑작스런 전염병으로 이제까지 해오던 일들을 지속하기가 불가능해졌기 때문이다. 하지만 이 바이러스가 장기적으로 유행하면서 지금은 코로나 레드라 불리는 분노가 사람들 사이에 발생하고 있는 듯 보인다. 무엇도 '하기' 불가능한 상황 속에서 다른 무언가에 책임을 전가하려는 시도이다.

미국과 영국에서는 코비드(COVID)와 이혼(DIVORCE)을 합성한 코비디보스(COVIDIVORCE)라는 말까지 생겨났다. 영국의 경우 코로나 이전에는 부부가 하루 동안 평균적으로 함께 있는 시간이 90분이었는데, 코로나 이후 15시간으로 늘어났다고 한다. 사회적 거리두기가 강화되면서 사람들은 일하러 밖으로 나갈 수 없어졌다. 동시에 가정에서 부부가 함께 지내는 시간이 길어졌다. 그런데 혹은 그래서 생겨난 말이 코비디보스이다.

평소보다 더 길게 함께 '있기' 때문에 헤어진다는 밀은 아무래도 이상하다. 앞서 인용한 심리학자의 글을 비추어 보면 누군가에게 온전히 기댈 때 진정한 자기로 있을 수 있다. 진정한 자기가 아닌 가짜 자기로는 함께 '있기'가 괴롭다. '있기'가 괴로우면 '하기'에 나서야 하는데 코로나로 인해 '하기'조차 불가능해졌다.

예전 같다면 근처 술집에서 가까운 친구들과 차가운 소주라도 한잔할 수 있을 텐데 말이다. 지금은 오롯이 집 안에서 모든 일을 견뎌내야 한다. 더구나 도심 속에서 다양한 사람들과 교류하며 살아가던 누군가에게는 이런 상황이 분명 낯설고 힘들다. 하지만 위기는 기회를 포함하고 있다.

코로나 이후 삶이 힘겨운 것이 혹시 진정한 자기가 아닌 가짜 자기로 살아왔기 때문은 아닌지 돌아본다. 진정한 자기로 살기 위해서는 누군가에게 온전히 기댈 수 있어야 한다. 온전히 기댄다는 것은 내 할 일을 다른 이에게 미룬다는 것이 아니다. 사람이 하는 일들은 모두 상호의존적으로 이루어짐을 아는 것이다. 우주에 홀로 존재하는 단 한 사람에게 의미 있는 일이란 존재하지 않는다. 따라서 의미는 상대방이 있어야 생겨난다. 의존하는 것은 인간에게 특별한 것이 아니라 당연한 것이다. 서로가 온전히 기댈 때, 독립적인 가짜 자기가 아니라 의존적인 진정한 자기가 드러난다. 비로소 상대방이 제대로 보이기 시작한다. 상대가 하는 일이 상대 혼자만으로 되지 않았다는 것을 알게 된다. 누군가가 내게 무슨 말을 건넸을 때, 그 말이 잔소리로 들린다면 그것은 두 사람이 함께라는 것을 잊고 있기 때문이다.

코로나 바이러스가 유행하면서 우리들은 상대의 존재에 대해 조금 더 민감해질 수밖에 없다. 상대를 나와는 별개의 존재로 다루어서는 내가 살아갈 수 없다는 것을 가슴깊이 느끼게 되었다. 모두 마스크를 착용하고 있는 지하철 객실에서 홀로 마스크 없이 있는 사람에게 우리가 할 수 있는 일은 그를 비난하는 일이 아니라 누군가 가진 여분의 마스크를 전달하는 일이다. 이러한 경험 속에서 진정한 자기란 서로 의존하며 살아가는 존재라는 사실을 내 몸에 선명하게 각인시키게 된다. 생각을 바꾸면, 코로나 때문에 육체로써는 조금 멀어질지 몰라도 정신으로써는 한층 더 가까워질 수 있다.

꿈을 다시 찾을 수 있을까

정은주

흙 위에 그림을 그리고 있는 작고 예쁜 아이가 있다. 행복해 하는 모습을 보니 그림 그리기가 가장 즐거운 놀이인 것처럼 보인다. 도화지는 마당이고 색연필은 나뭇가지이다. 그렇게 오후의 시간은 지나간다.

벌써 24년차 메이크업 아티스트(makeup artist)의 주말 아침은 남들이 자고 있는 이른 시간에 시작된다. 찾아 주시는 고객들이 끊이지 않는 것은 실력을 어느 정도 인정받고 있기 때문이 아닐까 생각해 본다. 웨딩, 패션쇼, 미인대회, 광고촬영, 아나운서 등 안 해본 메이크업이 없을 정도로 많지만 이루지 못한 꿈 때문인가, 마음 한구석은 늘 허전함이 있다. 가끔 꿈속에서 전시회를 열고 내 그림 앞에서 멋진 포즈를 취하면서 사진을 찍고 있는 나의 모습을 발견한다.

시골 마을 5남매의 맏이였던 아이는 미술 학원을 보내 달라고 부모님께 말을 할 수가 없었다. 셋째 여동생이 피아노 학원을 다닐 때는 정말 너무 속상했었지만 말이다. 농사를 지으시는 부모님께서는 겨울 빼고는 늘 바쁘셨다. 할아버지와 당시 미혼이었던 막내 고모가 우리를 보살펴 주셨다. 사실 보살핌이라고 하기에는 부적합할 수도 있다. 부지런함이라면 둘째가라면 서러울 어머니는 동에 번쩍 서에 번쩍 다니시며 모든 것을 직접 챙기셨으니까 말이다. 5남매 자식과 시아버지와 고집 센 남편과 아가씨까지 있는 대식구의 가정일을 도맡아 하시는 어머니께 나의 꿈 따위를 말씀드릴 수 없었다. 더군다나 맏이인 딸은 살림 밑천이라며 주산 학원을 가라고 하셨을 때는 어린 마음에 실망도 컸었다. 그래도 친구들이랑 학원 차를 타는 재미로 주산 학원을 다녔다. 그렇지만 그다지 즐겁지는 않았다.

시골에서는 거리와 상관없이 걸어서 모두 학교를 간다. 준비물을 잊어버리면 그 뒤로는 수습이 불가능하다. 미술 시간이 있는 날이면 제일 신나서 학교에 갔었다. 36색이 들어 있는 크레파스는 최고로 소중한 내 물건이었다. 동생들이 빌려가서 부러뜨려서 오면 속상해서 울었던 기억이 난다. 흰색부터 검정색까지 정리해 두면 고모는 늘 이렇게 물어 보셨다. 왜 꼭 흰색부터 정리하냐고, 다른 칸에 넣으면 안 되냐고 우스개 소리를 하셨다. 난 너무 소중한 크레파스가 흔들리는 것도, 색깔이 다른 칸에 들어가는 것도 용서할 수가 없었다. 크레파스가 닳아서 몽땅해지면 종이를 까고 깨끗하게 닦아서 정리하곤 했다. 지금 생각해 보면 크레파스를 집착하는 마음으로 심하게 아꼈던 것 같다.

그렇지만 스케치북에 연필로 그림을 그리는 것을 나는 더 좋아했다. 명암을 넣으며 그리는 것을 좋아했는데, 어디서 배웠는지는 모르지만 곧잘 그리고는 했다. 잘 그렸다고 생각이 드는 날은 집안을 뛰어다니며 자랑도 했었다. 일부러 가족들이 볼 수 있게 방에 두기도 하고, 마루에 두기도 했다. 생각해 보니 웃기고 귀여운 행동이었던 것 같다. 칭찬 받고 싶어 했던 여자아이의 소심한 행동이었을까? 어머니는 그런 나를 보며 어떻게 이렇게 잘 그리냐고 칭찬도 해 주셨지만, 미술 학원 다녀 볼 것을 권하지는 않으셨다. 그때 당차게 학원에 보내 달라고 말씀드렸으면 아마 보내 주실 수도 있었겠지만 어린 마음에 힘들게 일하시는 부모님께 비싼 미술 학원비를 말씀드릴 수는 없었던 것 같다.

메이크업을 시작했을 때 어머니는 어릴 때부터 그림을 그렇게 그리더니 지금은 사람 얼굴에 그림을 그리냐고 이야기하시면서 "그때 미술 학원 다녔으면 지금 화가가 되었을까?"라고 말씀하셨다. 어머니께 솔직하게 말씀을 드릴 수는 없었다. 어머니께서 속상해 하실 것이 뻔하니까 말이다. 나는 지금 사람 얼굴에 그림을 그리는 것이 더 좋다고 말씀드렸다. 메이크업을 배운다고 했을 때도 우여곡절이 있었지만 메이크업을 직업으로 선택하고 3년이 지났을 때쯤 "네가 좋아하는 것을 빨리 가르쳐 주지 못해서 미안하다."고 말씀하시는 부모님 말씀 한 마디에 그동안 속상했던 모든 것이 눈 녹듯 사라졌다. 그래도 "미술 학원 왜 안 보내 주셨어요?"라는 철없는 한마디가 입 속에서 조용히 맴도는 것은 어쩔 수 없었다.

최근에는 아빠와 맨발 걷기 미션을 정하고 매일 함께 걷고 있다. 아빠의 야윈 발을 씻겨 드릴 때는 가슴이 먹먹해져 온다. 무뚝

뚝한 딸은 태어나서 제일 많은 대화를 지금 쏟아내고 있다. 같이 걸으며 이야기할 수 있는 순간들이 감사하고 행복하다. 사실 어릴 때 어떤 그림을 많이 그렸는지 뚜렷한 기억이 없지만, 그림 그리기 중에서도 사람 얼굴을 곧잘 그렸다고 들었는데, 정말 지금 직업이랑 상관이 있는 것일까? 사람 얼굴을 잘 파악하고 장단점을 빨리 잡아내는 것은 나의 특기이고 취미이며 자랑거리이다.

코로나19 시대에 마스크는 필수품이 되어 버렸다. 때론 나의 단점을 감출 수도 있고, 나의 표정 관리에 도움을 줄 수도 있을 것이다. 요즘은 마스크를 끼면서 마치 얼굴에 가면을 쓰고 있는 듯한 착각이 들기도 한다. 이런 생각도 해 보았다. 신분증에도 마스크를 쓰고 증명사진을 찍어야 하지 않을까? 전 인류가 마스크를 쓰고 다녀야 하는 시대인데 얼굴을 눈으로만 구분해야 하지 않을까? 바이러스로부터 안전한 인류의 삶이란 과연 가능할까? 마당에서 나뭇가지로 그림을 그리던 어린 소녀의 모습이 너무 그리운 햇살 좋은 오후이다.

추색담청秋色淡淸

조복숙

요즘 우리는 무척 힘든 삶을 살고 있다. 매일 공기에 스민 미세 먼지를 마시며 살고 있다. 눈과 손으로 피부로 입김과 느낌으로、 또 우리 내장 깊숙이 장기와 핏줄과 근육 뼈마디 마다 먼지가 스며 있다. 우리는 살아야 하니까, 그래도 이 공기 속 먼지와 함께 한다. '먼지 같은 세상', '먼지가 되어…'라고 말하듯이 난 오늘도 눈으로 보이는 먼지, 보이지 않는 먼지와 씨름을 한다. 자고 나면 베란다 창 아래로 이불을 훨훨 털면 먼지는 공기 속으로 자유롭게 사라져간다. 집안 곳곳을 쓸고 닦고 가구들 아래위 보이는 곳을 구석구석 청소한다고 하지만, 잘 보이지 않는 곳에 꼭꼭 숨어 쌓여가는 먼지는 날 우습게보고 있을 듯하다. "너는 아직 날 모른다. 내가 얼마나 무서운지를…" 하고 이렇게 또 놀리고 있겠지. "내 실체는 말이야, 너희들이 제일 무서워하는 병 세균이 함께 숨어 있거든! 그러나 너는 날 잘 볼 수가 없어."라고 한다. 그들도 나에게 들키고 싶지는 않겠지만, 먼지는 이기적이고 얄미운 우리 인간들이 만들어낸 산물이다.

지금도 난 두 눈만 내놓고 요놈 코로나 바이러스 침입을 막기 위해서, 실내외에서 마스크로 침묵을 강요받고 있다. 2020년 새해부터 시작된 보이지 않는 이 무서운 정체불명의 바이러스 병균 때문에 반토막난 정지된 삶이 시작되었고, 눈에 보이지 않는 전쟁으로 우리의 생활이 멈춰져 있다. 다양한 취미 생활을 하던 목지관노

휴관이다. 동료와 함께 한 배움의 재미도 사라졌다. 거리두기로 친구, 지인 만나는 즐거움도 할 수 없으니 코로나 병균 바이러스와의 전쟁은 정말 참기 힘들다. 빨리 스스로 백기를 들고 소멸되길 희망할 뿐이다.(백신이 상용화되기 전이라도)

세상은 변화하는가! 세계가 변모하는가! 그래도 우리는 이 속에서 살고 있는 것이 현실이다. 변화는 자연적이든 인위적이든 기본이 완전 다른 형태로 바뀌는 것이 아닐까! 그럼 변모는 무엇을 의미하는 것일까? 변모는 기본은 변화하지 않을 뿐, 꾸미거나 가꾸어서 약간의 모습이 달라지는 것을 의미한다. 그렇다면 요즘 우리가 살아가는 세상에는 변모보다 변화의 기류에 속해서 사람들이 살아남기가 더욱 힘든 시기다. 변화가 계속되는 이 세상은 생존 존재의 위기인지도 모른다. 생명의 기본이 되는 물, 공기, 토양, 빛, 어느 것이든 나쁜 쪽으로 변화가 쉴 새 없이 진행되기 때문이다. 세균 바이러스도 변모와 변화를 거듭하면서 인간생명체를 공격해오고 있으니, 우리가 살기 위해서는 더 강한 무언가를 방어적으로 해야 한다.

모든 창문들이 요란하게 아우성치며 비바람과 싸운다. 요동칠 듯 울부짖는 태풍 위력으로 20층인 우리 집 고층 건물이 흔들리며 내뱉는 괴성은 사나운 짐승들의 말투였나. 아니, 이것은 분명 자연의 경고같은 신호음이다. 너희들이 파괴한 자연을 되돌려 달라는 두렵고 안타까운 경고 메시지였다. 세기마다 찾아오는 세균 바이러스는 눈으로 보이지는 않고 더 무섭게 인간을 죽음으로 내몰아 가고 있다. 보란 듯이 인간의 생명을 공격하는 자연 앞에서 인간은 적수가 되지 않는다. 어떻게 보면 우리 인간이 자연에게 그렇게 상처를 주고 소스를 준 것이나 다름없다. 중국 노자의 도교주의처럼 자연의 이치대로 물 흐르듯이 살지 못하고, 지나친 인간의 지식과 욕망이 인간성을 파괴하고 자연의 순리를 어겼기에 그러한 대가를 받는지도 모른다.

그러기에 오늘도 나는 눈으로 보이지 않는 공기 중 세균 바이러스를 막아내기 위해 먼지를 털고 쓸고 닦고 창문을 열어 신선한 공기를 환기시킨다. 숨어있는 먼지와 세균 바이러스와 타협하고도 싶지만, 언제나 변함없이 청결해지기위해 노력하는 나를 보고, 세균 바이러스가 이젠 완전히 사라지길…. 이참에 내 마음에 낀 먼지도 털고, 쓸고 닦아 내고 싶어, 시월 가을 들녘에 조용히 핀 들국화 한 다발을 화폭에 담아 놓고 한 구절 쓴다.

추색담청(秋色淡淸), 가을 빛 맑고 깨끗한 국화라고.

코로나 시절에 맞이하는 가을

최상연

잔디 깎기가 싫었다.

모처럼 시간이 나는 날에도 마당을 드나들며 웃자란 잔디가 눈에 거슬려도, 애써 외면하며 잔디를 깎지 않았다. 이 집의 잔디는 처음부터 마음에 들지 않았다. 잔디가 마음에 들지 않았다기보다 솔직하게는 이 집이 마음에 들지 않았다. 아니 이 집에 이사 온 것 자체가 싫었다.

남편은 아파트에 살기를 싫어했다.

13층 아파트에서는 발이 닿지 않는 허공에 뜬 느낌이라 안정성이 없고, 베란다에서 밖을 내다보면 어지럽기까지 하다고 했다. 처음에는 못 들은 척했다. 아파트에 살면서 여유자금은 서울에 투자하고 싶었다. 고향이 경상도인 남편은 눈에 보이지 않는 곳에 투자하는 것은 저열한 투기라고 여겼다. 그리고 언제든 사기를 당할 것이라고 부동산 투자는 기어코 반대를 했다. 그럴 때마다 앞에 있는 무언가를 뒤엎고 싶은 충동을 느꼈다. 충동을 얼추 달래고 나서야 늦은 저녁을 마주하곤 했다.

남편은 시인이었다.

남편은 국문학과 3학년 재학중에 OO문학으로 등단을 했고, 학교에 현수막이 걸리고 주변의 촉망을 받았다. OO일보 신춘문예 차선에 오르기도 하였다. 제법 늦은 나이에도 결혼을 못 하고 고민하고 있는 모습이 역력했다. 동생을 다섯이나 둔 가난한 농촌의 장남인 남편은 시집 한 권을 탈고하여 출판사에 넘기기 직전에 들고 와서 보여주며 어느 출판사에서 출간해야할지 고르고 있었다. 잘 볼 줄은 몰랐지만 나는 순수문학과 참여문학으로 오가며 기웃거릴 때, 남편의 시는 이 두 영역을 벗어나 자유롭게 치열했으며 빛나게 가난했다.

내가 찾던 이상형이었다.

책 읽기에 관심이 많던 나는 시인이 될 수 없다면 시골에서 가난한 시인의 아내가 되어 생활고를 덜어주고 마음껏 시를 쓰게 하고 싶다고 고등학교 때 친구들과 수다를 떨고는 했었다. 지금 생각해보면 참 철딱서니가 없어도 보통 없는 게 아닌 그야말로 푼수였다.

남편이 시만 쓴다고 할까봐 겁이 났다.

결혼하고 아이들이 태어나 아장아장 걷는 나이가 되었을 때 남편은 직장을 그만두고 시를 쓰고 싶다고 말했다. 대학 때 시를 봐주던 OO는 유수의 출판사에서 두 번째 시집이 나오고, 다른 후배는 문학상을 수상하기도 했다. 전업 작가가 되고 싶어 몸살을 할 때쯤 IMF가 터지고 누구는 생활고로 이혼을 하였고, 돈 없는 후배는 생활전선에 뛰어들었다고 했다. 남편은 오랜 번민의 날들을 보내는 깃 같았고 그의 시집 초고는 고스란히 책장 깊숙이 갇혔다.

그 후 남편은 시를 쓰지 않았다.

시를 쓰지 않은 지 30년이 지났다. 시를 쓰며 먹던 술은 시를 쓰지 않아도 변함없이 먹었다. 시작(時作)에서 업무고충으로 이유가 바뀌었다. 남편은 나에게 잔소리를 어지간히 들은 주말에 잔디를 깎았다. 잔디를 깎다가 먼 하늘을 아련히 바라보는 시선 끝에 시가 있는지 나는 눈치를 보곤 했다.

산자락에 살면 책을 볼 수 있을 것 같다고 했다. 시는? 하고 물으면 함부로 대답하지 않았다. 묻고도 미안했다. 30년 동안 직장을 다닌 회한이 흰머리로 내려앉아 바람에 흔들렸다.

남편에게 투항하였다.

산 밑에 집을 짓고 이사하는 뒤통수에다 동네 아줌마들은 전원주택은 집값이 오르지 않으니 투자 바보가 하는 짓이라고 말리기까지 했다. 나는 아직 정신이 맑은 인생 중반에 비단실을 빼어 고치를 짓는 누에의 싱싱한 몸놀림을 떠올리며 남편에게 투자하기로 마음먹었다. 이득이 나야 투자이니 그냥 투항을 하기로 마음먹었다. 그건 완벽했다. 그사이에 서울 집값은 날개를 달고 날아다녔다.

다시 잔디를 깎는다.

올 가을은 유독 쓸쓸하다. 한 달에 한 번 식사하던 아이들 학교의 부모 모임도 가지를 못한다. 친구들도 서로 보지 않는 것이 예의란다. 8개월 정도를 만나지 않으니 원래부터 혼자 살아온 것같이 사람들과의 만남이 어렴풋하다.

창밖을 가만히 내다보니 우리 집에 이렇게 많은 새들이 왔는가 싶다. 잔디깎는 기계로 밀어버린 봄나물 밭에 봄 잎 못지않게 새잎을 내민 사이를 부지런히 누비며 노는가? 먹는가? 참 바쁘다. 잔디를 깎다 보니 어린 메뚜기 몇 마리가 까닥까닥 인사를 하며 이리저리 도망 다닌다. 이사 오고 바로 산림조합에서 오천 원 주고 사다 심은 감나무에 튼실한 대봉감이 언제 저렇게 주렁주렁 달렸는지 탐스럽다.

남편은 몇 개월 남지 않은 직장생활을 잘 정리하기 위해 출근한 주말 오전이다. 은퇴 후에 이 책상에 앉아 책을 보다가 가을빛이 완연한 창밖을 보면서, 그동안 살아온 삶을 반추하며 상념에 젖겠지, 하는 생각을 해 본다.

오래된 책에도 벌레가 있다고 남편 몰래 슬쩍 슬쩍 묶어 버리다가 들킨 어느 날, 쇳소리를 내며 빼앗아 다시 꽂아 놓은 『작문법』, 『문학의 이론과 실천』 등의 누런 책들이 가지런한 책장은 왠지 남편같다.

내가 좋아하는 술은

최정환

당신에게 술이란 무엇인가요? 졸업이나 취업 등의 경사를 기념하기 위해 들어올리는 축배? 가슴이 미어지는 이별 후에 목뒤로 넘기는 진통제? 고된 평일을 끝마치는 경건한 의식? 혹은 집단의 결속력을 다지기 위한 시멘트? 분명 제가 언급하지 않은 몇 가지가 더 있겠지만 아마 이 네 가지가 가장 보편적인 음주의 이유가 아닐까 싶습니다. 또 이러한 명분들이야말로 인류가 명맥을 끊지 않고 음주를 지속해 온 이유일 테죠. 심지어 금주령 시대가 칵테일의 최전성기일 정도니! 사회를 이루고 살아가는 인간들에겐 술을 마시고자 하는 욕망은 본능이라고 봐도 무방할 겁니다.

그렇기 때문에 세계 어디를 가도 술을 대하는 기본적인 태도와 술에 취하고 나서 저지르는 실수가 대부분 흡사합니다. 동서양을 막론하고 공통된 음주 양상이 있지만 우리나라에만 존재하는 특이한 문화가 있습니다. 이른바 '건배! 원샷!' 문화입니다. 물론 건배와 원샷, 모두 우리나라에만 있는 문화가 아니고 지금도 여러 나라에서 무엇인가 기념할 만한 일이 있을 때마다 사용되곤 합니다. 하지만 매 잔마다 같은 술을 같은 양으로 따라서 잔을 부딪친 뒤 같은 속도로 마시는 곳은 아마 우리나라가 유일하지 않을까 싶습니다. 건배 한 번마다 기념 한 번이라면, 이 땅이야말로 지상낙원이 아닐까요? 물론 모두 아시다시피 지상에서 낙원을 찾기는 어렵지만요.

어쩌면 당신께서는 "그런데 그게 무엇이 문제입니까? 나라마다 고유한 문화가 있는 것은 당연하지 않은가요?"라고 질문하실지도 모르겠습니다. 네, 맞습니다. 제가 앞서 말한 문화는 일반적으로 소주, 정확히 말해 가장 대중적으로 판매되고 있는 '희석식' 소주를 마시는 방법입니다. 희석식 소주란 문자 그대로 주정에 물을 탄 소주를 뜻합니다. 우리가 흔히 말하는 '양주', 그러니까 위스키, 브랜디, 럼, 진, 테킬라, 보드카 같은 '증류주'에 비해 희석식 소주는 대량 생산에 있어서 훨씬 유리합니다. 그런 이유에서 가격 역시 저렴합니다. 그야말로 먹고사는 것이 중요했던 우리나라의 근현대사에서 저렴한 가격은 서민들의 생활 속으로 스며들 수 있는 최적의 조건이었습니다. 열악한 복지와 비인간적인 혹사를 견디기 위해 노동자들은 한데 모여 소주 뚜껑을 따고 그들의 상처를 소독했던 거죠. 결과적으로 소주는 민족의 혼이 되었습니다. 제가 감히 낮춰 말할 수 있는 것이 아닙니다.

그럼에도 불구하고 '건배! 원샷!' 문화에 대해서는 한 번쯤 얘기해 볼 필요가 있다고 생각합니다. 고유의 문화라고 해서 무작정 지키기에는 너무 많은 사람들이 이 문화로 인해 술에게 등을 저버리고 있습니다. 오로지 취하는 것이 목적인 이 방식은 필연적인 폭력성을 내포하고 있기 때문입니다. 개개인의 주량에 대한 존중 없이 집단의 템포만이 존재하는 술자리에서 누군가는 흥이 나겠지만,

분명히 누군가는 고역이라고 느낄 것입니다. 부장님의 음주 속도에 맞춰 과음을 해 버린 그 혹은 그녀는 화장실 변기를 붙잡고 모조리 게워낸 뒤 비틀거리며 중얼거리겠죠. '내가 다시는 술을 먹나 봐라!'

술에게 된통 당한 경험은 일종의 트라우마가 되어 술에 대한 선입견을 심어줍니다. 술이란 쓴 것이고, 오로지 취하기 위한 도구일 뿐이고, 다음날에 치명적인 숙취만을 남기는 독약일 뿐이다, 라는 생각을 가진 사람은 다양하고 개성 넘치는 다른 술을 마실 수 있는 기회를 박탈당합니다. 그것은 사람들이 겁이 많아서도 아니고 편협한 식견을 가지고 있어서도 아닙니다. 자신을 존중해 주지 않는 술자리에 대한 반감이라고 보는 것이 적합할 것입니다.

'건배! 원샷!'이 시작된 것으로 추정되는 시기로부터 긴 시간이 흘렀습니다. 국민들의 피나는 노력으로 전대미문의 경제 성장을 이뤘고 세계 각지의 문화를 받아들이면서 서민들의 관심사는 확장되었죠. 당장 SNS를 켜서 사람들의 일상을 둘러봐도 여기가 한국인지 도쿄인지 파리인지 뉴욕인지 쉽사리 알아채기 힘듭니다. LA의 언더그라운드에서 활동하는 밴드의 음악을 듣고, 유럽의 독립영화를 보고, 일본식 덮밥을 먹고, 후식으로 이탈리안 로스팅을 한 에티오피아산 원두로 내린 커피를 마십니다. 생활 수준이 올라감에 따라 대중들이 각자의 취미와 취향을 가지게 된 것입니다. 갑

갑한 오지선다형에 비해서 자신의 입맛이 곧 정답인 '취향'이라는 세계는 참으로 환상적인 곳이죠. 개개인에 대한 존중이 약속된 분야는 어떤 방식으로든 꽃을 피울 것입니다. 아마 전 세계 어디에도 "나는 커피를 벌써 다섯 잔이나 마셨는데 자네는 왜 잔이 비어있지 않나?"라고 말하는 사람은 없겠죠.

제 친누나의 남자친구는 미국인입니다. 국제 커플이죠. 하루는 저희 집에서 함께 술을 마셨습니다. 제가 위스키를 권하자 공손하게 거절을 하며 말하더군요. "죄송하지만, 제가 위스키를 선호하지 않는 편이라서요." 그래서 어떤 술을 좋아하냐고 물어보았습니다. 그는 일말의 고민 없이 진토닉을 좋아한다고 대답했습니다. 다행히도 집에 진과 토닉 워터가 있었고 우리는 각자 좋아하는 술을 양껏 마시며 몹시 즐거운 시간을 보냈습니다. 그는 술을 즐기지 않는 편임에도 불구하고 자신이 좋아하는 술이 무엇인지 알고 있었습니다. 저는 이것이 중요하다고 생각합니다. 여러 종류의 술을 체험하면서 자신이 무엇을 좋아하고 무엇을 싫어하는지 아는 것 말입니다. 술의 종류는 너무도 다양해 취향에 맞는 술이 하나도 없다는 것이 오히려 이상할 정도이니까요. 당신이 위스키, 코냑을 싫어해도 상관없습니다. 대신 와인에서 행복을 느낀다면 당신의 삶은 아주 조금이나마 풍요로워지지 않을까요?

예시로 언급한 술의 종류가 전부 서양의 술이라 사대주의자로 오해받지 않을까 하는 조바심에서 말하자면 국산 술 역시 너무나 훌륭합니다. 역사가 긴 경기도 문배주, 안동 소주, 경주 법주, 전주 이강주부터 새롭게 등장한 국산 에일 맥주와 '서울의 밤' 같은 지역성을 잘 살린 리큐어까지 모두 서양과 비교해도 부족하지 않을 풍미를 자랑합니다. 심지어 전통주는 세금 감면 혜택을 받기 때문에 양주에 비해 합리적인 가격으로 즐길 수 있습니다. 수도권을 중심으로 전국 각지에서 일어나고 있는 '우리 술 빚기' 운동은 우리의 입맛을 서구화시키지 않고도 다양하고 성숙한 술 문화를 만들 수 있다는 약속처럼 느껴집니다.

코로나로 인해 술집에서 단체로 술을 마시는 것이 힘들어졌습니다. 따분하고 힘든 시기죠. 하지만 불행 중 다행으로 우리는 개인에 대해 생각해 볼 시간을 갖게 되었습니다. 다 함께 지낼 때는 몰랐던 내 모습을 발견하게 됩니다. 내가 무엇을 좋아하는지, 또 무엇을 싫어하는지 자각할 수 있는 시간이 비로소 마련된 것이죠. 혼자서 소주를 마시기는 좀 그렇고, 세계 맥주 네 캔에 만 원? 종류별로 담아보자, 오, IPA인가 뭔가 하는 이거 매력 있는데? 근데 맥주만 마시니 배가 부르네, 와인을 마셔 볼까? 오, 향도 좋고 배도 덜 부르네, 아이구, 대신 머리가 아프잖아, 다른 거 없나? 이런 식으로 입문하셔도 무방합니다. 오히려 훌륭합니다. 그렇게 자연스럽게 체험을 해 나가다 보면 반드시 자신에게 딱 맞는 술을 발견하게 될 겁니다. 그리고 아마 그 술과 제법 긴 세월 동안 좋은 친구로 지내실 겁니다. 하루빨리 코로나가 종식되고 함께 바에 모여서 각자 좋아하는 술을 주문한 뒤 좋은 시간을 보냈으면 합니다. 언젠가는 재채기가 나올 정도로 코로나 이야기를 해봅시다.

마스크의 힘은 대단하다

최희영

　　　　오후 3시쯤이었나 보다. 학교에서 수업 중이던 딸아이에게서 전화가 왔다. "엄마, 우리 학교 선배님이 코로나 확진이 되어 교실 안에서 대기하고 있어요. 언제 하교할지 몰라요. 엇, 교내 방송이 나와요. 끊을게요." 수능시험을 2주 앞두고 더욱더 긴장할 수밖에 없었다.

　겉으로 표현하지는 않았지만, 내심 걱정이 되었다. 그 확진 학생의 자매가 다니는 학교에는 내 둘째 아이가 다니고 있고, 그 확진 학생이 다녀갔다는 학원에는 내 주변 모든 아이들이 거의 다 다니고 있고, 그 확진 학생과 같은 반 아이들 중 기숙사 생활을 하는 아이들과 같은 방을 쓰는 아이들이 내 아이들 반에 있었다. 사슬처럼 얽혀 있는 이 연결고리를 생각하니 머리가 깨질 듯이 아파 왔다.

　문득 친한 이웃이 겪은 웃픈 일화가 생각났다. 이 집 큰아이가 무더운 여름에 학교 에어컨이 고장나서 땀을 많이 흘렸던 모양이다. 그런 와중에 열 체크를 하였는데 섭씨 39도 이상이 나온 것이다. 그 아이와 그 아이 동생은 바로 조퇴를 하였다. 이렇게 되면서 말이 와전되어 이 아이들은 검사 결과를 받기도 전에 이미 확진자가 되어 SNS를 시끄럽게 했다. 서울에 다녀왔는데도 숨기고 등교를 했다, 기본 룰을 지키지 않았다 등 거짓 정보 속에 온 동네 주민들에게서 왕따 아닌 왕따를 당하는 상황이 되었다. 내 지인은 나에게 며칠 동안 밤잠을 못 자며 마음 고생했던 것을 전화로 이야기하다가 울음을 터뜨렸다. 실제로 검사 결과는 모두 음성으로 나왔다고 했다.

나는 학교에서 대기 중인 딸아이에게 전화를 했다. 혹시나, 누군가 코로나 확진이 되었다고 해서 그 사람을 한쪽으로 몰아가며 배제시키거나 하는 왕따 분위기가 만들어지지 않았으면 좋겠다고 이야기를 했다. 딸아이는 "학교에서 KF94 마스크를 모두에게 지급해줘서 새로 착용했고 선생님 말씀을 잘 따르고 있어요. 우리 모두 자습하면서 조용히 있으니 걱정 많이 하지 마셔요." 라고 말하며 오히려 나를 위로했다. 몇 년 전 지진으로 인해 울며 전화하던 그 꼬맹이가 아니었다.

보건소 직원인지 자원봉사 주민인지는 모르겠지만, 스무 명쯤 되는 사람들이 학교에 도착해서 방역복을 입고 학교 건물 전체를 소독했고 교직원들과 학생들은 줄을 서서 코로나 바이러스 검사를 했다고 한다. 이 모든 과정들이 단 2~3시간 동안 일사불란하게 이루어졌다고 한다. 그리고 원래 하교 시간보다 약간 늦긴 했지만, 딸아이가 집에 돌아왔다. 코로나 검사 결과가 나오기 전까지 수칙을 잘 지키라는 학교 선생님 말씀에 따라 아이는 방 안에서 나오지 않았다.

바로 다음 날인 오늘 아침, 1,100여 명이 넘는 교직원과 학생들, 그리고 주위 학원 선생님들의 검사 결과가 모두 음성으로 나왔다.

그동안 마스크를 잘 착용해 준 우리 아이들이 대견하다. 정말 고맙다. 정말 예쁘다. 그리고 보건 위기 상황 속에서 시간이 몇 배는 더 걸리는 녹화 수업을 하시면서 밤 늦게까지 학생들 챙겨주시느라고 너무 고생인 선생님들, 그리고 뒤에서 보이지 않게 고생하시는 직원분들도 정말 감사하다.

이러한 코로나의 상황 속에서 상식적인 선을 지키지 않아 서로에게 버거운 코비디엇(Covidiot)의 행동을 최소한 피하고, 거짓 정보를 쏟아내지 않도록 노력하면서 서로를 배려하다면, 워라밸이 아닌 코라밸(COVID and Life Balance)시대를 즐길 수 있지 않을까 싶다. 절망 속에도 언제나 희망은 있다.

3부

글에 마음을 비추다
―코로나 시대의 자화상

코로나 시대에

강영희

미래에 대한 열망을 곱씹으며
힘든 여정을 찾아 찾아
성취해내려는 노력들을 바라보며

보람도 고통도 슬픔도 역겨움도 질투도
아쉬움과 부러움과 운도 따라주기를 기대했지.

하나둘씩 영글어갈 때는 환희와 보람이
깨질 때는 분노와 실망감이 채워졌지만,
결국 남는 것은 공허함과 허망함이었네.

이제야 부질없음을 느끼며
비우지 못함에 아쉬움을 느끼고
다시 하나둘씩 비우려 하네.

많은 세월에 비울 것은 무엇인지
명예, 돈, 승부욕, 성취욕, 자식에 대한 애착…
많은 세월에 채워야 할 것은 무엇인지
자비, 너그러움, 명상, 건강, 행복감…

코로나 시대에 비우고 채울 것을
생각해 본다.

흔적

김문수

아둔한 머리에서 조마조마한 가슴을 지나 부지런한 발끝까지 흉터가 많이 있습니다.

세 살, 옛날식 부엌의 도마 위에 있던 칼 끝에 실명할 뻔한 오른 쪽 눈가에 좁쌀 같은 흉터가 있습니다.

열하나, 추운 겨울 땔나무를 하다 황새낫에 베여 흘린 피가 손가락을 따스하게 녹여주던 왼손 검지에 눈송이 같은 흉터가 있습니다.

스물, 스산한 명동거리에서 스크럼 속으로 날아든 짱돌에 함몰된 오른쪽 두개골에 가짜 훈장 같은 흉터가 있습니다.

서른, 즐겁게 놀던 푸른 구룡포 바닷속 칼바위에 베여, 생살 꿰맬 때 밀려 온 고통이 지금도 생생한 오른 발바닥에 지렁이 같은 흉터가 있습니다.

서른다섯, 늦은 저녁에 만취한 상태로 무단횡단하다 자동차에 치여 X-ray로 보이는 왼쪽 무릎에 멀쩡한 흉터가 있습니다.

마흔, 오래된 하수도의 바닥까지 뒤엎어 끈적하게 토해내는 오물처럼, 모든 것을 내놓으라는 날강도처럼, 발버둥을 쳐도 저항할 수 없었던 마음의 흉터가 있습니다.

오십하나, 도덕산을 오르다가 움직일 수 없고, 숨도 쉴 수 없고, 그물에 걸려 펄떡거리기만 하는 물고기처럼, 수명을 다한 엔진같은 심장에 흉터가 있습니다.

문득 그 흉터들이 모여 자기들이 궁극의 상처를 다 막아내었다고 살며시 거짓말을 합니다.

그러자 작은 코로나가 다가와 그런 흉터 말고, 더 멋진 삶의 흔적을 만들어 보라고 유혹합니다.

코로나의 밤하늘에서 옛 별을 찾다

김미경

별을 좋아했다.

별똥별 보며
나도 모르게 눈 감고
소원 빌었던 기억

내가 살던 시골 밤하늘에는
별이 많았다.
별자리 찾는 일이
새로울 게 없는 풍경이었다.

어느 때부턴가
별에 대해 무심해졌다.
밤하늘
그 많던 별들이 보이지 않는데

코로나로 덮인 밤하늘
문득
옛 별이 그립다.

장막

김현정

나의 하관은 장막으로 가려졌다.

그 얇은 한 장에도 숨이 차다.

넘고 이겨내 보기엔 내가 역부족이다.

돌아서 내 안으로 들어간다.

내가 들려온다.

나를 들어 본다.

내가 숨을 쉬고 있다.

많이 듣고 싶어 한다.

꿈도 꾸고 있다.

다시 뜨거워져야 한다.

그 어떤 것도 나를 가릴 수 없게

개복치가 내 몸으로 들어왔다

남이경

이른 봄 오후
예민한 개복치 한 마리가
코로나 방역 마스크를 뚫고서
내 몸으로 들어왔다.

어마어마하고 거대한 것이
집어삼켜질까봐, 부딪히지 않으려고
조심조심 움직인다.

걱정과 불안으로 보내는 몸짓

태양이 구름 속에 가려져

어둠이 밀려오고 깊어지며

평화로움으로 가려고

묶여 있는 것을 풀고

흐릿한 생각과 감정이 없어지며

예민함은 사라지고

익숙하고 점잖게 대하며

무심히 바라본다.

맑고 깨끗하고 순수한 맛이 퍼진다.

아무 맛도 나지 않는 개복치의 맛

하늘이 맑고 파도가 없는 날

수면 위로 올라와 일광욕을 즐기며

예민함과 고요함 사이를 오가는 개복치

마스크 안에 퍼지는 투명하고 편안한 맛

투명한 맛을 잊어버리고 싶지 않다.

코로나! 코로나 때문에

박하서

코로나! 코로나 때문에 미스터트롯을, 테스형을 만날 수 있었습니다.

코로나 땜에 나의 첫 번째 애마 자전거를 다시 만날 수 있었습니다.

코로나 땜시 컨텍트가 그리워졌습니다.

코로나 덕분에 가족의 소중함을 알게 되었습니다.

코로나 덕에 핑계댈 수 있었습니다.

핑계 많은 세상, 핑계대며 삽시다.
모든 사물의 소리를 귀담아,
사람의 눈길과 손길로 눈치껏…

차마고도*
─ 마방의 아들

안기숙

1.

그 순례의 길에는

이방인의 향수, 天路가 있다.

나는

비석처럼 솟은 빙산의 그림자에 갇혀

매일

타락했다는 저 세상을 흠모한다.

젊은 청춘에게 성지란 무슨 소용인가.

2.

낭떠러지를 오르는 말방울 소리가

지나온 길을 달래며 먼지로 일렁인다.

숨기지 않아도

숨어 있는 곳

마지막 마방의 아들은 쓸쓸하다.

도시의 오지―코로나―를 서성이며
마스크 속 성지에 갇힌 숨소리는
빈 세상을 향해 침묵을 벗겨보지만,

그대가 미치도록 그리워하는 문명의 도시는
지금 잠들어 있다.

가을 숲에 자화상을 그리다

—BTS^{Beginning the Third Stage}

이영미

고즈넉한 10월의 어느 날 오후,
숲속 카페에 앉아
가을에 물든 숲을 가만히 둘러본다.

키 작은 저 푸른잎 나무는
나의 첫 번째 스무 살 모습
초록빛이 예쁘고 앙증맞지만
바람이 불어오면 이내 휘청이네.

저만치 서있는 단풍나무는
나의 두 번째 스무 살 모습
가을의 절정에서 타오른 듯
잎사귀의 붉은색은 치열했던
정열과 젊음의 환희마저 상기시키네.

이제 조심스런 눈길로 나의
세 번째 스무 살 나무를 찾아본다.

다른 나무들과 조금 떨어져
키만 훌쩍 커버린 저 나무가

지금의 내 모습이 아닐까?
잎사귀가 화려하지 않아도
매달린 열매가 튼실하지 않아도
주변의 나무들이 탄탄하고
수려하게 성장하도록
묵묵히 제자리에서 도우며
관조와 인고의 긴 세월을
버텨온 듯한 저 나무

이제는 코로나의 계절에
겸손히 낙엽 내려놓으며
마음의 키만 훌쩍 커버릴
가을 숲의 자화상 같은 나무

꽃

정은주

바람에 흔들리지 않는 꽃은 없습니다
흔들리는 바람에 존재감은 더욱 빛이 납니다

진다고 피우지 않는다면
그것은 꽃이 아닙니다.

누군가에 의해 꺾여도
그것은 꽃입니다.

코로나의 바람에 흔들리고
두려움에 깜짝 놀라더라도

그 위대함을 말하는 것은
누가 뭐라고 해도 꽃입니다.

설레임

조복숙

무엇을 해야 기다림에 희망이 될지는
아직도 모릅니다.
늘 아쉬움만 남아 욕심 찾아 나서는
어린애 얄미운 맘처럼,
앙증스럽게 매달려 보지만
이것 또한 한갓 푸념처럼
다가옵니다.
그냥 가버리고 마는
아쉬운 설렘이 되고 맙니다.

어차피 지우고 셈하지 말고
끄집어내지는 않아도
언제 나왔는지 모르게
불쑥 나와 버리는
못된 버릇이 되어 버린 것은 아닐는지
또 한 번 후회의 다발을 만듭니다.

언제나 말없이 침묵으로
일관해 버려야 할 삶도
이제는 아닌가 봅니다.

시간마다 변화하는 순간순간의 역사도,
불현듯 찾아온 코로나의 일상도,
내 의지대로 쓰여지지 않는다는 것을
오늘도 유유히 흐르는 저 형산강처럼,
한낮 희미한 낮달처럼 느끼고 싶습니다.

아직도 어설프기만 한 여인의 마음은
마음속 작디작은 말에 설레입니다.

지은이 소개

송호근

포스텍 인문사회학부 석좌교수. 포스텍 융합문명연구원·문명시민교육원 원장. 중앙일보 칼럼니스트. 소설 작가. 미국 하버드대학교 사회학 박사. 3부작 시리즈인 『인민의 탄생』(2011), 『시민의 탄생』(2013), 『국민의 탄생』(2020) 등 사회학 저서를 비롯해서, 장편소설인 『강화도』(2017), 『다시 빛 속으로』(2018) 등 저서 30권, 공저 8권, 소설 2권을 집필했다. 중앙일보, 조선일보, 동아일보, 한겨례신문, 문화일보 등에 560여 편에 이르는 칼럼을 게재해 오고 있다.

가재산

종합 HR솔루션 협동조합 피플스그룹 대표이사. 책 글쓰기대학·핸드폰책쓰기코칭협회 회장. 서울과학종합대학원대학교 겸임교수 역임. 『10년 후, 무엇을 먹고 살 것인가?—미래를 선점하는 인재경영 전략, 삼성에서 배운다』(2006), 『삼성이 강한 진짜 이유—사람, 조직, 조직력』(2014) 등을 집필했고, 『핸드폰 하나로 책과 글쓰기 도전』(2017), 『코로나 이후의 삶, 그리고 행복』(2020) 등을 공저했다.

김기흥

포스텍 인문사회학부 교수. 『과학기술학연구』·『한국과학사학회지』·『환경사회학연구 ECO』 편집위원. 영국 에든버러대학교 과학기술학 박사. 『광우병 논쟁: 광우병의 실체를 밝히기 위한 과학자들의 끈질긴 투쟁의 역사』(2009)를 집필했고, 『과학기술과 환경 그리고 위험 커뮤니케이션』(2013), 『포항지진 그 후—재난 거버넌스와 재난 시티즌십』(2020) 등을 공저했다. 중앙일보에 칼럼, 〈김기흥의 과학판도라상자〉를 연재하고 있다.

노승욱

포스텍 인문사회학부 교수. 『문명과 경계』 편집위원. 포항제철고 과학융합(ATP) 심화전문교과 지도교수. 서울대학교 국문학 박사. 『황순원 문학의 수사학과 서사학』(2010), 『토의와 토론: 개념에서 전략까지』(2019), 『문화콘텐츠로 묻고 스토리텔링으로 답하다—서울 촌놈의 경상북도 인문학 답사기』(근간) 등의 저서를 집필했고, 『초판본 윤동주 시선』(2012), 『초판본 박목월 시선』(2013) 등을 편저했다.

백지혜

포스텍 인문사회학부 교수. 서울대학교 국문학 박사. 『스위트 홈의 기원』(2005), 『서평—책읽기와 생각쓰기』(2019), 『문학과 의학의 접경지대: 한국문학에 나타난 '의학' 개념의 변천과 적용』(근간) 등을 집필했고, 『메밀꽃 필 무렵』(2011)을 편저했으며, 『세시풍속의 문학적 표상과 그 변용: 개화기에서 일제강점기까지』(2015), 『한국문학과 실향, 귀향, 탈향의 서사』(2016) 등을 공저했다.

조윤정

카이스트 인문사회과학부 교수. 서울대학교 국문학 박사. 2014년에 문화일보 신춘문예를 통해 등단한 후에 문학평론가로 활동하고 있다. 『백년 전 수학여행』(2018)을 집필했고, 『카이스트 글쓰기 강의』(2017), 『문종의 기원』(2019) 등을 공저했다.

황윤진

포스텍 문명시민교육원 연구원. 서울대학교 비교문학 석사. 포스텍 문명시민교육원에서 일반 시민을 대상으로 다양한 인문학 프로그램을 기획·운영하고 있다.

강영희

교직을 8월에 퇴직했습니다.
교직 생활을 통해 다양한 연구 활동을 했습니다.

권양우

詩와 독서의 향기를 목소리에 담아 전합니다.

김문수

아둔한 머리는 흐리지 않고, 표현 못하는 가슴은 따뜻하고, 부지런한 손발은 지름길보다 큰 길을 좋아하는 직장남입니다.

김미경

요양병원에서 근무하는 간호조무사입니다. 현재 나의 직업을 내 생애 가장 잘 선택한 일이라고 생각하며 자주 흐뭇해합니다.

김현정

동갑내기 남편을 만나 엄마바라기 6살 아들, 사랑둥이 4살 딸을 키우는 워킹맘입니다.

남이경

문득 바람이 불면 내면의 숲길을 따라 걸어봅니다.

박하서

현명(弦鳴)하게, 때론 '때문에', 때론 '덕분에' 핑계 대며 살아요.

*현명: 활시위를 당겨 쏠 때 긴장한 현이 울리는 소리

서동훈

마음을 어루만지는 의사를 꿈꾸는 공중보건의사 서동훈입니다.

안기숙

별들의 보석 밭을 거닐며 과학의 세계를 詩의 세계로 펼쳐 보려 합니다

이영미

28년 간의 교육자에서 피교육자로 변신했습니다. 지금은 더 큰 '인생 학교'에서 새로운 '행복레시피'를 열심히 배워가는 중입니다.

이종수

사람들에게 딱 맞는 가전제품을 추천해드리는 일을 하고 있습니다. 꾸준히 성장하려고 노력하는 청년입니다.

장호근

철강 공단에서 윤활유를 판매하고, 달리기와 명상을 좋아합니다.

정은주

메이크업으로 사람들을 행복하게 만들고, 글쓰기로 마음을 따뜻하게 품고 싶어요.

조복숙

솔잎 사이로 꿈을 찾아가는 코끝에 스미는 향기입니다.

최상연

적막한 코로나 시대 덕분에 바쁘게 살아온 삶을 되돌아보게 된 은발의 청춘입니다.

최정환

남들에게 말하기 민망해 따분해서 하는 척 하지만 나름의 야망을 조금씩 키워가고 있습니다.

최희영

신문사에서 일하는 약사입니다.

코로나 시대, 글로 마음을 잇다

초판 1쇄 인쇄 2020년 12월 22일
초판 1쇄 발행 2020년 12월 30일

지은이 송호근 외 23인
펴낸곳 글누림출판사

편 집 이태곤 권분옥 문선희 임애정 강윤경 김선예
디자인 안혜진 최선주
마케팅 박태훈 안현진

주 소 서울시 서초구 동광로46길 6-6(반포4동 577-25) 문창빌딩 2층(06589)
전 화 02-3409-2055(대표), 2058(영업), 2060(편집)
팩 스 02-3409-2059
전자우편 nurim3888@hanmail.net
홈페이지 www.geulnurim.co.kr
블로그 blog.naver.com/geulnurim
북트레블러 post.naver.com/geulnurim
등록번호 제303-2005-000038호(2005.10.5.)

정가는 뒤표지에 있습니다.
ISBN 978-89-6327-632-8 03800

* 이 도서의 국립중앙도서관 출판예정도서목록(CIP)은 서지정보유통지원시스템 홈페이지(http://seoji.nl.go.kr)와 국가자
료종합목록 구축시스템(http://kolis-net.nl.go.kr)에서 이용하실 수 있습니다. (CIP제어번호 : CIP2020053611)